O homem que viu tudo

Deborah Levy

O homem que viu tudo

tradução
Ana Ban

todavia

O pensamento poético, diferentemente das orquídeas sem raiz, não surgiu em uma estufa e não desmaiou quando foi confrontado com os traumas dos dias de hoje.

Karel Teige, *The Shooting Gallery*, 1946

Fotografar pessoas é violá-las, vendo-as como elas nunca se veem, ao ter delas um conhecimento que elas nunca podem ter; transforma as pessoas em objetos que podem ser simbolicamente possuídos.

Susan Sontag, "Na caverna de Platão", de *Sobre fotografia*, 1977*

---

* Tradução de Rubens Figueiredo (São Paulo: Companhia das Letras, 2004, p. 25). [N.T.]

O negócio é o seguinte, Saul Adler: quando eu tinha vinte e três anos, adorava o jeito como você me tocava, mas, quando a tarde entrava e você saía de mim, você já estava à procura de outra pessoa. Não, o negócio é o seguinte, Jennifer Moreau: eu amei você todas as noites e todos os dias, mas você tinha medo do meu amor e eu tinha medo do meu amor também. Não, ela disse, eu tinha medo da sua inveja, que era maior do que o seu amor. Preste atenção, Saul Adler. Preste atenção! Olhe para a esquerda e para a direita, atravesse a rua e chegue ao outro lado.

I

Abbey Road, Londres, setembro de 1988

Eu estava pensando em como Jennifer Moreau tinha me dito que eu nunca poderia descrever sua beleza; nem para ela, nem para qualquer outra pessoa. Quando perguntei por que tinha sido silenciado dessa maneira, ela respondeu: "Porque você só tem palavras antigas para me descrever". Eu estava com isso na cabeça quando pisei na faixa de pedestre com suas listras brancas e pretas diante das quais todos os veículos devem parar para permitir que os transeuntes atravessem a rua. Um carro estava vindo na minha direção, mas não parou. Tive que dar um pulo para trás e caí em cima do quadril usando as mãos para me proteger da queda. O carro parou e um homem abaixou o vidro. Estava na casa dos sessenta anos, cabelo branco, olhos escuros, lábios finos. Perguntou se estava tudo bem comigo. Como não respondi, ele saiu do carro.

"Peço desculpa", ele falou. "Você começou a atravessar na faixa e eu diminuí a velocidade, pronto para parar, mas daí você mudou de ideia e voltou para o meio-fio." As pálpebras dele tremiam nos cantos. "E daí, sem aviso, você se jogou no cruzamento."

Sorri com sua reconstrução cuidadosa da história, obviamente narrada de um ponto de vista favorável a ele. Deu uma olhadinha disfarçada no carro para ver se não havia nenhuma avaria. O espelho retrovisor estava despedaçado. Seus lábios finos se abriram e ele soltou um suspiro pesaroso, balbuciando algo a respeito de ter encomendado o espelho de Milão.

Eu tinha passado a noite toda em claro, redigindo uma palestra sobre a psicologia dos homens tiranos, e tinha começado pela maneira como Stálin flertava com as mulheres atirando pão nelas por cima da mesa de jantar. Minhas anotações, umas cinco folhas de papel, tinham caído da minha bolsa de couro a tiracolo junto com um pacote de camisinhas, só para me deixar envergonhado. Comecei a recolher tudo. Havia um pequeno objeto retangular e chato na rua. Reparei que o motorista olhava fixo para os nós dos meus dedos quando lhe entreguei o objeto, que estava quente e parecia vibrar na palma da minha mão. Como não era meu, achei que fosse dele. Pingava sangue dos meus dedos. Minhas palmas das mãos estavam raladas e havia um corte no nó de um dedo da mão esquerda. Suguei o corte enquanto ele me observava, claramente perturbado.

"Precisa de uma carona?"

"Está tudo bem."

Ele se ofereceu para me levar até uma farmácia para "limpar a ferida", como ele disse. Quando balancei a cabeça, estendeu a mão e tocou no meu cabelo, um gesto estranhamente reconfortante. Perguntou qual era o meu nome.

"Saul Adler. Olhe, é só um arranhão. Minha pele é fina. Sempre sangro muito, não é nada."

Ele segurava o braço esquerdo de um jeito estranho, aninhado no direito. Recolhi as camisinhas e enfiei no bolso do paletó. Um vento soprava. As folhas que tinham sido varridas em montinhos embaixo das árvores eram sopradas para o meio da rua. O motorista me disse que o trânsito tinha sido desviado porque havia uma manifestação naquele dia em Londres e ele ficou imaginando se a Abbey Road estaria fechada. O desvio não estava bem sinalizado. Não entendia como tinha se confundido porque costumava passar por ali para assistir a jogos de críquete no Lord's, ali perto. Enquanto falava, olhava de soslaio para o objeto retangular que segurava.

O objeto falava. Com toda a certeza havia uma voz dentro dele, uma voz de homem, e dizia algo irritado e insultante. Nós dois fingimos não escutar as palavras.

Vai se foder eu te odeio não volte para casa

"Quantos anos você tem, Soorl? Pode me dizer onde mora?"

Acho que a quase colisão tinha assustado o motorista de verdade.

Quando eu lhe disse que tinha vinte e oito anos, ele não acreditou em mim e perguntou quantos anos eu tinha mais uma vez. Ele era tão refinado que pronunciava meu nome como se tivesse uma pedrinha inserida entre o céu da boca e o lábio inferior. O cabelo branco estava penteado para trás com um produto que fazia os fios brilharem.

Então perguntei qual era o nome dele.

"Wolfgang", ele falou bem rápido, como se não quisesse que eu lembrasse.

"Igual a Mozart", eu disse, e então, mais ou menos como uma criança que mostra ao pai onde machucou depois de cair do balanço, apontei para o corte no nó do dedo e fiquei repetindo que estava tudo bem. Seu tom de preocupação estava começando a fazer meus olhos se encherem de lágrimas. Eu queria que ele pegasse o carro e fosse embora para me deixar em paz. Talvez as lágrimas estivessem relacionadas à morte recente do meu pai, apesar de o meu pai não ter sido nem tão asseado nem tão gentil quanto Wolfgang com seu cabelo branco reluzente. Para apressar sua partida, expliquei que minha namorada estava para chegar a qualquer minuto, então ele não precisava se preocupar. Aliás, ela ia tirar uma foto minha atravessando a faixa de pedestre no estilo da fotografia do disco dos Beatles.

"Que disco é esse, Soorl?"

"Chama *Abbey Road*. Todo mundo conhece. Por onde você tem andado, Wolfgang?"

Ele deu risada, mas parecia triste. Talvez fosse por causa das palavras insultantes que tinham saído do objeto que vibrava em sua mão.

"E quantos anos tem a sua namorada?"

"Vinte e três. Na verdade, *Abbey Road* foi o último álbum que os Beatles gravaram juntos no estúdio da EMI, que fica logo ali." Apontei para uma casa grande e branca do outro lado da rua.

"Claro que eu sei disso", disse com tristeza. "É quase tão famoso quanto o Palácio de Buckingham." Ele voltou para o carro enquanto murmurava: "Cuide-se, Soorl. Você tem sorte por ter uma namorada tão jovem. Aliás, o que você faz?".

Os comentários e as perguntas dele estavam começando a me irritar — e também o jeito como ele suspirava, como se carregasse o peso do mundo nos ombros do casaco bege de caxemira. Resolvi não revelar que eu era historiador especializado na Europa Oriental comunista.

Foi um alívio ouvir o rugido animal do motor acelerando quando comecei a atravessar a rua mais uma vez.

Levando em conta que tinha sido ele que quase me atropelou, talvez fosse ele que devesse se cuidar. Acenei, mas ele não retribuiu. Já em relação à minha namorada tão jovem, eu só era cinco anos mais velho do que Jennifer, então, do que ele estava falando? E por que quis saber a idade dela? Ou o que eu "faço"?

Deixa pra lá. Estava olhando para as anotações que segurava (com a mão ainda sangrando), na qual tinha transcrito que o pai de Stálin era alcoólatra e violento com a família. A mãe de Stálin tinha matriculado o filho Joseph em uma escola de sacerdócio da Igreja ortodoxa grega para protegê-lo da fúria do pai, depois de ele ter tentado estrangulá-la. Eu não conseguia ler a minha própria letra com facilidade, mas tinha sublinhado algo a respeito de como Stálin castigaria pessoas por seus pecados inconscientes, além de seus pecados conscientes — como, por exemplo, crimes ideológicos contra o partido.

O lado esquerdo do meu quadril começou a doer.

Cuide-se, Soorl. Valeu pelo conselho, Wolfgang.

Voltando às minhas anotações, que agora estavam manchadas com o sangue dos nós dos meus dedos. Joseph Stálin (eu tinha escrito isso tarde da noite) sempre sentia satisfação quando castigava alguém. Atormentava até o próprio filho — com tamanha crueldade que ele tentou se matar com um tiro. Sua mulher também atirou contra si mesma, com mais sucesso do que o filho, que, diferentemente da mãe, viveu para ser atormentado seguidas vezes pelo pai. Meu próprio pai falecido não exatamente me atormentava. Ele deixou a tarefa para o meu irmão, Matthew, que estava sempre disposto a exercer um pouquinho de crueldade. Assim como Stálin, Matthew atormentava a família, ou se assegurava de que a vida dos parentes fosse tão insuportável a ponto de eles se atormentarem por si mesmos.

Eu me sentei na mureta na frente do estúdio da EMI para esperar Jennifer chegar. Dali a três dias eu iria viajar para a Alemanha Oriental, a RDA, para pesquisar a oposição cultural ao surgimento do fascismo na década de 1930 na Universidade Humboldt. Apesar de meu alemão ser razoavelmente fluente, tinham me designado um tradutor. Ele se chamava Walter Müller. Era para eu passar duas semanas em Berlim Oriental com a mãe e a irmã dele, que tinham me oferecido um quarto em seu apartamento subsidiado perto da universidade. Walter Müller era parte da razão por que eu quase tinha sido atropelado na faixa de pedestre. Ele tinha escrito para dizer que a irmã, que se chamava Katrin — mas a família a chamava de Luna —, era uma grande fã dos Beatles. Desde a década de 1970, álbuns tanto dos Beatles quanto de Bob Dylan tinham recebido licença para serem lançados na RDA, diferentemente dos anos 1950 e 1960, quando a música pop era considerada pelo Partido Socialista da Alemanha, que estava no poder, como arma cultural para corromper os jovens. Representantes do governo eram obrigados a examinar todas as letras antes que os álbuns pudessem ser lançados.

Yeah yeah yeah. Qual poderia ser o significado disso? O que era que recebia um sim?

Tinha sido ideia da Jennifer tirar uma foto minha atravessando a faixa de pedestre na Abbey Road para dar à Luna. Na semana anterior, ela tinha pedido que eu lhe explicasse o conceito todo da RDA, mas eu tinha me distraído. Estávamos caramelizando amendoins na cozinha do seu apartamento, e eu estava queimando o açúcar. Era uma receita bem complicada, em que a instrução era adicionar os amendoins ao caramelo fervilhante e depois assar no forno. Jennifer não compreendia como as pessoas de um país inteiro podiam ficar trancadas atrás de um muro sem permissão para sair. Enquanto eu discursava a respeito de como a Alemanha tinha sido separada ideológica e fisicamente em dois países divididos por um muro, comunista no Leste, capitalista no Oeste, e como as autoridades comunistas chamavam o Muro de "baluarte de proteção antifascista", os dedos dela tinham deslizado por baixo da cintura do meu jeans. Eu estava queimando o açúcar e Jennifer não estava exatamente fazendo anotações. Nós dois tínhamos perdido o interesse na República Democrática Alemã.

Avistei-a caminhando na minha direção carregando uma escadinha de alumínio no braço. Vestia o quepe de piloto soviético que eu tinha comprado para ela na feirinha de antiguidades de Portobello Road. Dei um beijo nela e resumi o que tinha acontecido. Jennifer estava preparando uma exposição de suas fotografias na faculdade de arte, mas tinha tirado a tarde de folga para fazer a "sessão de fotos", como chamou aquilo. Um modelo de câmera estava preso ao seu cinto de couro; outro estava pendurado em seu pescoço. Não revelei os detalhes do quase atropelamento, mas ela reparou no corte no nó do meu dedo. "Sua pele é fina", ela disse. Perguntei a ela por que estava carregando uma escada. Disse-me que a foto original dos Beatles tinha sido tirada assim, na faixa de pedestre da Abbey Road em agosto de 1969 às 11h30. O fotógrafo, Iain MacMillan, tinha colocado a escada ao lado da faixa de pedestre enquanto um policial tinha sido pago para organizar o trânsito. MacMillan teve dez minutos para tirar a foto. Mas como eu não era nem um pouco famoso, não podíamos pedir cinco minutinhos para a polícia, por isso precisávamos trabalhar rápido.

"Acho que tem um desvio e a Abbey Road está fechada hoje."

Enquanto eu falava, três carros passaram em alta velocidade, seguidos por um táxi preto vazio, uma motocicleta, duas bicicletas e um caminhão carregado de tábuas.

"É, Saul, está fechada, com certeza", ela disse enquanto mexia na câmera.

"Acho que você se parece mais com Mick Ronson do que com qualquer um dos Beatles, apesar de o seu cabelo ser preto e o de Mick ser loiro."

Era verdade que o meu cabelo, na altura dos ombros, tinha sido cortado por Jennifer dois dias antes no estilo do guitarrista principal de Bowie. Ela estava secretamente orgulhosa do que chamava de meu visual de astro de rock e amava meu corpo mais do que eu, e isso fazia com que eu a amasse.

Quando a rua esvaziou, ela colocou a escadinha no mesmo lugar em que Wolfgang devia ter parado seu carro. Enquanto subia e ajustava a câmera, berrava instruções: "Enfie as mãos nos bolsos do paletó! Olhe para baixo! Olhe para a frente! Certo, comece a caminhar agora! Passos largos! Vai!". Havia dois carros esperando, mas ela ergueu a mão para que ficassem parados enquanto colocava um rolo de filme novo na câmera. Quando os carros começaram a vaiar, ela fez uma mesura rebuscada para eles do alto da escadinha.

2

Para agradecer Jennifer por seu tempo, comprei seis ostras na peixaria e uma garrafa de vinho branco seco. Passamos as próximas horas na cama dela enquanto suas novas colegas de apartamento, Saanvi e Claudia, estavam fora. Era um apartamento de subsolo feioso e escuro, mas elas todas gostavam de morar ali e pareciam se dar bem. Claudia era uma vegana que sempre deixava algum tipo de alga em uma tigela com água na cozinha.

Quando nos beijamos na cama, sem tirar a roupa, o quepe de piloto ficava caindo sobre os olhos dela, e isso me deixou excitado de verdade. De vez em quando, luzes azuis piscavam na minha cabeça, mas eu não disse nada a Jennifer, que brincava com o cordão de pérolas que eu sempre usava no pescoço. Quando finalmente tirei a calça branca, ela reparou que havia um hematoma grande na minha coxa direita e que meus joelhos estavam ralados e sangrando.

"Pode me dizer o que realmente aconteceu, Saul?"

Expliquei melhor como eu quase tinha sido atropelado logo antes de ela chegar e que fiquei acanhado quando recolhi o pacote de camisinhas. Ela deu risada, sugou uma ostra e jogou a concha no chão.

"Devíamos procurar pérolas dentro destas ostras", ela disse. "Quem sabe assim podemos fazer outro colar para você?"

Ela queria saber por que eu tinha tanta vontade de ir para a Alemanha Oriental, já que seus cidadãos estavam presos atrás daquele muro e a Stasi ficava espionando todo mundo. Talvez não fosse um lugar seguro para se visitar. Por que eu não fazia minha pesquisa em Berlim Ocidental para que ela pudesse me visitar, e assim poderíamos ir a shows e beber cerveja barata?

Não tenho certeza se Jennifer realmente acreditava que eu era um acadêmico, e não um astro do rock.

"Os seus olhos são tão azuis", ela disse enquanto subia em mim e montava no meu quadril. "É bem fora do comum ter cabelo preto intenso e olhos azuis ainda mais intensos. Você é muito mais bonito do que eu. Quero o seu pau dentro de mim o tempo todo. As pessoas vivem com medo na RDA, não vivem? Continuo sem entender como as pessoas de um país inteiro podem ficar trancadas atrás de um muro sem ter permissão para sair."

Eu sentia o cheiro do óleo doce de ilangue-ilangue que ela sempre passava no cabelo antes de entrar na sauna minúscula que tinha vindo com o apartamento no subsolo na Hamilton Terrace. Algumas noites, eu chegava lá depois do trabalho e ficava escutando sua conversa com Claudia e Saanvi na sauna enquanto corrigia as provas dos meus alunos na mesa da cozinha. Quando Jennifer finalmente saía da sauna, às vezes depois de uma hora, nua e besuntada com sua poção de ilangue-ilangue feita em casa, costumava me atormentar ao negar seu afeto, preparando chá de camomila e passando manteiga em uma torrada antes de dar o bote. Eu não poderia ter desejado uma predadora mais deliciosa para me afastar de uma redação que o meu pior aluno tinha concluído com a atribuição de uma das citações mais famosas do mundo ao autor errado.

"Os proletários não têm nada a perder senão suas correntes. Eles têm um mundo a ganhar."

Risquei Liev Trótski e escrevi Karl Marx.

Eu sabia que meu corpo excitava Jennifer, mas tinha a impressão (enquanto ela guiava meus dedos para tocar nos lugares que lhe davam mais prazer) de que ela não estava assim tão interessada na minha mente. Começou a me falar por que artistas como Claude Cahun e Cindy Sherman eram mais importantes para ela do que Stálin e Erich Honecker ("Não", ela disse, "aqui, aqui", e eu senti quando ela gozou), e depois se deitou ao meu lado (e eu ia guiando seus dedos aos lugares que mais me davam prazer) enquanto me explicava que preferia Sylvia Plath a Karl Marx, apesar de gostar da frase em *O manifesto comunista* sobre um espectro que assombrava a Europa. "Quer dizer" — ela agora sussurrava —, "geralmente um fantasma só assombra uma casa ou um castelo, mas o fantasma de Marx assombrava um continente inteiro. Talvez o espectro estivesse estacionado embaixo da Fontana di Trevi em Roma para descansar do esforço de ser uma assombração, ou comprando umas besteiras nas lojas Versace em Milão, ou assistindo a um show da Nico?" Por acaso eu sabia que o nome verdadeiro de Nico era Christa (eu não queria saber disso naquele momento exato) e que Nico/Christa, que tinha nascido em Colônia, foi assombrada a vida toda pelo barulho dos bombardeios na guerra? Eu também não queria saber (e Jennifer parou de me tocar em um momento erótico forte para acessar esse pensamento) que havia um espectro dentro de cada fotografia que ela revelava no quarto escuro, e não me lembrava da cena que ela tinha gostado no filme *Asas do desejo* (que tínhamos assistido juntos havia pouco tempo) em que um dos anjos diz que quer "entrar na história do mundo", mas que agora, ela disse, queria que eu fosse o espectro dentro dela.

Fizemos sexo bem vigoroso e depois meu corpo realmente começou a doer. Estava claro que havia algo de errado com o meu quadril, que não tinha nenhum hematoma.

Ficamos lá sem fazer nada e terminamos a garrafa de vinho e conversamos. Depois de um tempo, Jennifer perguntou o que eu mais queria na vida.

"Eu gostaria de voltar a ver a minha mãe."
Não era a resposta mais sexy do mundo, mas eu sabia que interessaria a Jennifer.
"Então talvez você devesse visitar sua mãe."
"Você sabe que ela morreu."
"Vá até a casa da sua família em Bethnal Green e me diga o que acontece."
Ela tinha encontrado um pedaço de carvão e equilibrava uma folha de papel sobre as coxas nuas.
"Vejo paralelepípedos e uma universidade gótica", eu disse.
A mão dela não se moveu pela folha.
"Achei que você fosse desenhar, não?"
"Bom, não tem nenhuma universidade gótica em Bethnal Green. Prefiro desenhar a sua mãe a um prédio. Você sente mais saudade dela do que do seu pai?"
Estar enrolado com uma pessoa como Jennifer Moreau exigia muito esforço. Ouvimos a porta da frente bater.
"Deve ser a Claudia." Jennifer colocou minha mão no meio da folha de papel e desenhou ao redor dos meus dedos com o bastão de carvão. O quarto dela ficava ao lado da cozinha e escutamos Claudia enchendo o bule de chá.
Eu estava deitado de barriga para cima e enxergava um monte de urtigas em flor na escrivaninha mexicana verde de Jennifer no canto do quarto (feita de alosna ou alguma outra coisa que soava sinistra), além do seu passaporte, além de uma pilha de fotografias em preto e branco. Eu queria dizer a Jennifer que a amava, mas achei que isso pudesse fazer com que ela perdesse o interesse por mim.
De repente, a porta do quarto rangeu e se abriu. Claudia, que sempre deixava alga de molho durante a noite, estava nua, com uma toalha cor-de-rosa enrolada na cabeça, porque se encaminhava para a sauna. Ela bocejava, devagar, enorme, lânguida, como se o mundo todo a entediasse até não poder

mais, com um braço esticado por cima da cabeça e a outra mão apoiada na barriga lisa e bronzeada.

Perguntei a Jennifer Moreau se ela consideraria se casar comigo. Naquele momento, me senti como se tivesse acabado de dividir um átomo. Ela se inclinou para a frente e seguiu meu olhar.

"Sabe, acho que está tudo acabado entre nós, Saul. Devemos colocar um ponto-final, mas vou mandar as fotos da Abbey Road para você mesmo assim. Divirta-se em Berlim Oriental. Espero que dê tudo certo com seu visto."

Ela se deitou no travesseiro ao meu lado e puxou o quepe de piloto para cima do rosto, assim não precisava olhar para mim.

Saí da cama, um pouco bêbado, e fechei a porta empenada do quarto, tropeçando na garrafa de vinho vazia que tínhamos jogado no assoalho riscado.

"Seu terno branco está na cadeira", ela disse. "Será que você consegue se vestir rapidinho? Preciso chegar ao quarto escuro da universidade antes que seja trancado hoje à noite."

Eu tinha comprado o paletó na Laurence Corner, a loja de equipamento militar na Euston Road. Era onde os Beatles tinham achado suas jaquetas de *Sergeant Pepper* na década de 1960. Acho que antes meu terno era um uniforme da Marinha, e estava muito bem assim, já que o meu pedido de casamento tinha afundado no mar. Virei um destroço entre conchas de ostras vazias com suas bordas afiadas, e ainda sentia o gosto de Jennifer Moreau nos meus dedos e nos meus lábios. Quando me aboletei ao seu lado na cama e perguntei por que tinha ficado tão irritada comigo de repente, ela pareceu não saber, ou não entender, ou não se importar. Agia com calma e bastante frieza, achei, como se estivesse pensando nisso já havia algum tempo.

"Bom, tirando qualquer outra coisa, você nunca me perguntou nada sobre a minha arte."

"Como assim?" Agora eu berrava. "Aqui está a sua arte, nas paredes, ali e ali." Apontei para duas colagens presas com fita adesiva na parede do quarto. Uma era uma fotografia em preto e branco muito ampliada do meu rosto de perfil, pendurada em cima da cama feito um ícone religioso. Ela tinha traçado o contorno dos meus lábios com canetinha vermelha e escrito as palavras *NÃO ME BEIJE*.

"Eu olho para a sua arte o tempo todo." Continuava berrando. "Penso nela e penso em você. Eu me interesso."

"Bom, tendo em vista que você está tão interessado assim, no que estou trabalhando agora?"

"Não sei, você não me disse."

"Você não perguntou. Então, que tipo de câmera eu uso?"

Ela sabia que eu não fazia a menor ideia. Até parece que Jennifer também tinha muito interesse na Europa Oriental comunista. Quer dizer, ela não tinha exatamente pedido uma lista de leituras para mim e eu não usava isso contra ela.

"Ah, é", eu disse, "você pegou um negativo meu e colou com fita adesiva no ombro e tomou sol e daí tirou e ficou com um tipo de tatuagem minha na pele."

Ela deu risada. "Tudo está relacionado a você, não é mesmo?"

De certo modo, estava, sim. Afinal, Jennifer Moreau vivia tirando fotos minhas.

Quando a porta do quarto voltou a ranger e se abrir, Claudia estava comendo feijões direto da lata com uma colher gigantesca.

"Jennifer", eu agora implorava. "Sinto muito. Desde que o meu pai morreu, eu simplesmente tenho tentado viver um dia depois do outro."

Dava para ouvir o bule fervendo do outro lado da porta.

"Acontece", ela disse, enquanto pulava da cama e fechava a porta com um safanão mais uma vez, "que uma curadora americana visitou meu estúdio e comprou duas fotografias minhas.

E ela me ofereceu uma residência artística em Cape Cod, em Massachusetts, depois que eu me formar."

Então é por isso que o passaporte dela está em cima da escrivaninha.

"Parabéns", eu disse, arrasado.

Ela parecia tão animada e jovem e maldosa. Fazia só um pouco mais de um ano que estávamos juntos, mas eu sabia que tinha encontrado meu par. Para começo de conversa, o acordo que Jennifer Moreau (pai francês, mãe inglesa, nascida em Beckenham, sul de Londres) tinha feito comigo era que ela podia elogiar minha própria beleza sublime (como ela colocou) de qualquer maneira que desejasse, os contornos do meu corpo, meus olhos "de um azul intenso", mas eu nunca poderia descrever seu próprio corpo, nem expressar minha admiração por ele, a não ser por meio do toque. Era assim que ela queria saber tudo que eu sentia e pensava a seu respeito.

Claudia agora tinha desligado o bule que gemia. Quando voltei a olhar para a parede, reparei em uma fotografia de Saanvi presa ao gesso que esfarelava. O apartamento do subsolo era úmido e alguma espécie de bolor se espalhava feito formigas perturbadas pelas paredes do quarto de Jennifer. Na fotografia, Saanvi suava ao lado dela na sauna. Estava lendo um livro, tinha um piercing de argolinha dourada no mamilo esquerdo.

"Vá andando, Saul. Não sei o que você ainda está fazendo aqui."

Jennifer vestiu um quimono com um dragão bordado nas costas e então enfiou os pés em suas sandálias preferidas, que eram feitas de borracha de pneu.

Ela estava praticamente me empurrando porta afora.

Passei algum tempo remexendo na tranca do portão da frente. Eu nunca conseguia entrar ou sair por aquele portão; tinha visto Jennifer e Claudia o pularem quando estavam atrasadas para a aula. A outra colega de apartamento delas, Saanvi, não tinha problema com a tranca porque era paciente, mas Jennifer dizia que era porque ela era formada em matemática avançada e tinha muito conhecimento a respeito de tempo sem limite.

O sol de fim de tarde feria meus olhos. Meus olhos de um azul intenso. De repente me virei porque intuí que Jennifer estava me observando. E estava. Com uma câmera na mão. Estava parada na porta da frente com seu quimono de dragão e suas sandálias de pneu, ainda corada depois de ter transado comigo, remexendo nos bolsos de seda com a mão esquerda, procurando as jujubas que sempre deixava ali. A câmera dela estava apontada para mim. Enquanto o aparelho zunia e estalava, ela disse de um jeito bem dramático: "Adeus, Saul. Você será para sempre minha musa".

Por um momento, fiquei achando que ela fosse jogar uma jujuba para mim do mesmo jeito que os treinadores de circo jogam comida para os animais de picadeiro depois de eles saltarem através de uma argola em chamas.

"Vou mandar as fotos da Abbey Road para você antes da sua viagem. Sinto muito pelo seu pai. Espero que você se sinta melhor logo e não se esqueça do abacaxi enlatado para o seu tradutor."

A Abbey Road ficava a doze minutos a pé da Hamilton Terrace. Algo me fez voltar ao local do quase acidente. Eu teria de tomar cuidado, porque reparei que estava mancando e que meu paletó branco estava rasgado no ombro. Jennifer Moreau tinha sido implacável e parecia ter muita informação sobre a minha vida. Como sabia que Walter Müller tinha pedido que eu levasse uma lata de abacaxi para a RDA? Não conseguia me lembrar se era porque eu tinha dito a ela ou se ela tinha perguntado. Era verdade que tinha me acompanhado ao enterro do meu pai três semanas antes, então ela sabia da morte dele. Seu pai havia morrido quando ela tinha doze anos, igual à minha mãe. Nós costumávamos conversar sobre ter perdido a mãe e o pai com a mesma idade. Era uma ligação entre nós, mas Jennifer achava que tinha se libertado com a morte do pai porque ele nunca teria permitido que ela estudasse arte na faculdade. Eu não tinha certeza se me libertara com a morte da minha mãe. Não, eu não conseguia enxergar nada de bom naquilo, só que nunca tinha duvidado do amor dela por mim, e isso transformou sua ausência em uma catástrofe ainda maior. Ainda assim, o enterro do meu pai foi um lembrete da perda precoce de Jennifer, e eu me sentia como alguém que deveria protegê-la. Meu irmão insensível, Matthew, também conhecido como Gordo Matt (que tomava um café da manhã inglês completo sete dias por semana — três ovos ingleses, três linguiças inglesas), tinha organizado toda a cerimônia do enterro sem me consultar.

Eu tinha me sentido orgulhoso por estar de braços dados com a glamorosa Jennifer Moreau, com seu sobrenome francês, tailleur vintage azul-bebê e botas de camurça de plataforma combinando. Havia observado Gordo Matt com sua mulher sem graça e seus dois filhos sentados no banco da frente da igreja como se fossem a realeza da família, e imaginei o que eu tinha feito de tão errado aos olhos deles além de usar um colar de pérolas.

Parecia que eu era um membro inferior da família: solteiro, sem filhos, relegado à segunda fileira. Foi um lembrete da solidão gritante dos meus anos de adolescência, quando Matt, que ainda não era gordo, e um herói bolchevique aos olhos do meu pai, começou a trabalhar como eletricista, ganhando um bom dinheiro enquanto eu ainda estava testando os lápis de olho na farmácia local. Quando entrei na Universidade de Cambridge, ele já sabia como instalar a fiação de uma casa inteira enquanto eu aperfeiçoava maneiras de disfarçar minha ignorância intensa (olhos de um azul intenso ajudam na tarefa) e aproveitar ao máximo o fato de ser o gato de pelo preto como um corvo da classe operária (sem garras, maçãs do rosto altas) entre os pombos aristocratas.

Matt fez uma homenagem muito bonita ao nosso pai. Quando chegou minha vez, a única coisa que eu, a pessoa com mais estudo na família, fui capaz de dizer, foi: "Tchau, pai".

Mas meu irmão concordou com a minha ideia de levar uma porção das cinzas do nosso pai comunista comigo para enterrar na RDA. Afinal de contas, ele acreditava naquilo.

Dei uma olhada nas mansões eduardianas altas que se alinhavam de ambos os lados da Hamilton Terrace enquanto eu seguia mancando pela rua comprida e larga, ainda tentando me lembrar de como Jennifer sabia da lata de abacaxi que eu havia sido orientado a comprar por Walter Müller. Será que ela tinha lido a carta dele para mim? Informantes da Stasi eram conhecidos como ouvidos e olhos, *Horch und Guck*. Podia até parecer que, em relação à arte de Jennifer, meus olhos estavam fechados, meus ouvidos eram surdos, mas na verdade eu estava me preparando em ritmo frenético para partir para a Alemanha Oriental, tomando providências administrativas para acessar os arquivos que eu precisaria para a minha pesquisa. A razão por que havia recebido permissão para fazer isso tinha sido minha promessa de tratar com sensibilidade um artigo acadêmico que eu escreveria sobre a realidade do cotidiano na RDA. Em vez dos estereótipos de sempre da Guerra Fria, eu me concentraria na educação, na saúde e na moradia para todos os cidadãos, assuntos que eu tinha discutido com meu pai antes de sua morte.

"Se você algum dia tivesse que lutar contra um fascista, também ergueria um muro para que ele ficasse do lado de fora."

Quando lembrei a ele que o Muro tinha sido erguido para manter as pessoas ali dentro, não para as de fora, ele me disse que eu era a Maria Antonieta da família e que as pérolas não ajudavam em nada.

"Pare de usar isso, filho."

Na visão dele, liberdade de expressão e de movimento não era tão importante quanto eliminar desigualdades e trabalhar pelo bem coletivo, mas a verdade era que ele podia pegar a balsa para a França quando bem entendesse, e ninguém ia atirar nele de uma torre de observação em Dover. Ele fechava os olhos para os tanques de guerra soviéticos que invadiram Praga em 1968 porque obviamente achava que tinham relação com Stálin.

"A União Soviética é o padrinho da RDA. Familiares precisam cuidar uns dos outros, proteger seus parentes dos adversários reacionários."

Yeah yeah yeah.

Do mesmo jeito que Matt cuidou do irmão quando os meninos tentaram me enforcar com a minha gravata no andar de cima do ônibus. Meu pai não apreciava aquilo que Jennifer descrevia como minha "beleza sublime"; por algum motivo, ela o ofendia. Para piorar a situação, eu era fisicamente mais fraco do que meu irmão e às vezes usava uma gravata de seda cor de laranja quando acompanhava nosso pai ao bar. Uma vez ouvi quando ele pediu uma caneca de chope para si e uma "taça de vinho tinto para o garoto efeminado". O atendente do bar perguntou ao meu pai se merlot estava bom, e ele me entregou o chope. Como meio-termo, eu deixava de lado o rímel quando comparecia às suas palestras nos encontros do Partido Comunista e substituía a seda cor de laranja por uma boina verde feita de pele de cobra falsa. Sempre que estava de mau humor (com frequência) nos primeiros anos da minha adolescência, ele gritava para Matt, no estilo de Stálin: "Dê uma surra nele, dê uma surra nele", e Matt, seu cúmplice, dava socos em mim até eu cair no chão. Depois que nossa mãe morreu, Matt passou a levar os socos a sério. Uma vez ele abriu meu lábio e me deixou com os dois olhos bem roxos, coisa que aparentemente era mais aceitável do que os meus olhos de um azul intenso.

Parecia que os tanques de guerra do meu pai estavam sempre estacionados na sala da nossa casa em Bethnal Green, prontos para passar por cima do meu corpo desprezível de treze anos com as metralhadoras em riste.

Tchau, pai. O que mais eu poderia ter dito no seu enterro? Muita coisa.

A diferença entre mim e o meu pai, tirando a minha educação e as maçãs do rosto altas, era que eu acreditava que as pessoas deviam ser convencidas, não coagidas. Mas agora que ele estava morto e não podia dar sua resposta ríspida, eu tinha saudade da certeza dele.

Eu estava a cerca de sete minutos da faixa de pedestre. De vez em quando, precisava parar para retomar o fôlego. A voz de Jennifer voltava para mim. *Pode me dizer o que realmente aconteceu, Saul?*

Resolvi fazer uma anotação para não esquecer a lata de abacaxi. Eu iria escrever em letra de fôrma e prender na geladeira com o meu ímã de "Zeus, o Deus dos Deuses" assim que chegasse em casa. Em troca, Walter Müller tinha escrito, ele me daria um pote de pepino em conserva, a Esmeralda do Leste, feito com erva-doce e tomilho, açúcar e vinagre. Fiquei imaginando se ele estava ciente de que a Stasi leria as cartas. Se os informantes da Stasi eram conhecidos como olhos e ouvidos, parecia que Jennifer tinha me dado o fora porque meus ouvidos não estavam escutando e meus olhos estavam fechados no que dizia respeito à sua arte, e, pensando bem, e realmente pensei enquanto apertava o passo, eu não era capaz de me lembrar de nada que ela tivesse me dito a respeito de seu projeto atual, só que eu era sua musa. Além disso, também percebi que, depois de todo o esforço para recolher as camisinhas na ocasião do acidente, eu, na verdade, não tinha usado nenhuma. Estavam fechadas no bolso do meu paletó branco rasgado.

Foi estranhamente reconfortante retornar à faixa de pedestre na Abbey Road. Não havia trânsito, então era provável que, no final das contas, tivesse mesmo sido fechada.

Ocorreu-me que, quando havia pisado pela primeira vez naquela faixa de pedestre, eu tinha namorada e não estava mancando. O que me ocorreu ali sentado na mureta na frente do estúdio da EMI foi a maneira como o homem que quase havia me atropelado tinha tocado no meu cabelo, como se estivesse tocando em uma estátua ou em algo sem batimento cardíaco.

Enquanto eu pensava sobre isso, uma mulher se aproximou sacudindo um cigarro sem acender na mão. Ela usava um vestido azul e perguntou se eu tinha fogo. Seu cabelo loiro curto era tão claro que era quase branco. Seus olhos eram do verde mais claro, feito vidro trazido pelo mar à praia. Enfiei a mão no bolso e achei o isqueiro Zippo de metal que eu sempre carregava, uma versão resistente ao vento, antiquada e desajeitada do isqueiro que os militares americanos usavam na Segunda Guerra Mundial — e, mais tarde, no Vietnã. Ela pegou minha mão que segurava o isqueiro e deu uma olhada nas iniciais gravadas nele. Expliquei que pertencera ao meu pai na época em que ele costumava fumar enquanto tomava seu banho mensal. Ele tinha morrido havia pouco tempo e eu estava levando uma pequena porção de suas cinzas em uma caixa de fósforos para enterrar na Berlim Oriental comunista. Minhas mãos tremiam enquanto eu falava. Pedi a ela que se sentasse um pouco comigo, e ela se sentou, acomodando-se na mureta do estúdio da EMI, o ombro encostado no meu. Dava para escutar quando ela inspirava e expirava. Saía fumaça de suas narinas, igual ao dragão bordado no quimono de Jennifer. Ela perguntou se eu era uma pessoa irrequieta.

"Não."

"Nervosa, então?"

Um fragmento de um poema que eu não sabia que conhecia me veio à mente. Recitei em voz alta para a mulher que fumava seu cigarro.

"We are the Dead. Short days ago,
We lived, felt dawn, saw sunset glow,
Loved and were loved..."*

Ela assentiu como se eu estivesse agindo com normalidade, coisa que não estava.
"É de John McCrae", eu disse. "Ele foi um médico canadense, mas se alistou como atirador na Primeira Guerra Mundial."
Virei o rosto para ela, e ela se virou na minha direção enquanto o vento soprava um saco plástico de supermercado ao redor dos nossos pés.
"Que estranho", ela disse, chutando o saco para longe. "Wal-Mart não é americano?"
Nós nos beijamos na mureta feito adolescentes, a língua dela enfiada na minha boca, meu joelho enfiado no meio de suas coxas. Quando finalmente nos afastamos, ela perguntou que tipo de perfume eu estava usando. "Ilangue-ilangue", respondi, enquanto ela anotava seu número de telefone na palma da minha mão trêmula. Quando se afastou, li as palavras nas costas do seu vestido azul. Era um uniforme. Percebi que ela era enfermeira e que na música "Penny Lane" tem uma enfermeira que vende pirulitos em uma bandeja.

---

* "Nós somos os mortos. Há poucos dias,/ Nós vivemos, sentimos o amanhecer, vimos o pôr do sol brilhar,/ Amamos e fomos amados...". [N.T.]

3

Quando cheguei em casa, peguei o telefone e pedi a uma floricultura local que enviasse um buquê de girassóis para a Hamilton Terrace. Queria que Jennifer os recebesse no dia de sua apresentação de formatura. "Só temos rosas": a atendente parecia indignada, como se nenhum outro tipo de flor existisse em seu mundo. Até pareceu ofendida ao ser informada de que, apesar de estarem no auge em agosto, os girassóis continuavam amplamente disponíveis em setembro. Foi estranho falar com essa florista que tinha pavor de flores. Quando eu disse a ela que, bem quando os girassóis começavam a abrir, outros tipos de flores, como as papoulas, aproximavam-se do fim da estação, pareceu que ela estava prestes a se desmanchar em lágrimas.

"Temos rosas amarelas, rosas brancas, rosas vermelhas, rosas listradas da China e da Birmânia. Serve? Temos muitas rosas brancas em estoque no momento."

Rosas brancas. Die Weiße Rose — "A Rosa Branca". Esse era o nome do movimento da juventude antinazista no início da década de 1940, que tinha começado em Munique. Eu estava traduzindo um panfleto para os meus alunos, escrito pelos líderes do Die Weiße Rose em fevereiro de 1943.

A Juventude Hitlerista, a SA, a SS, todas tentaram nos drogar, tentaram nos arregimentar nos anos mais promissores da nossa vida.

Talvez eu devesse encomendar doze rosas brancas para Jennifer? Afinal de contas, ela estava nos anos mais promissores de sua vida.

Não, tinha de ser girassóis. Era o único tipo de flor que ela gostava de ver num vaso, principalmente por causa do centro escuro, que aparentemente a lembrava de um eclipse, apesar de eu não ter certeza de que ela algum dia tenha visto um eclipse.

Liguei para outra floricultura que também não tinha girassóis no estoque. A terceira é a vez da sorte, encontrei os girassóis. Dessa vez, o florista era homem. Ele me disse que era de Chipre e se chamava Mike. Quando perguntou qual era a mensagem para escrever no cartão, minha voz saiu estranhamente trêmula e aguda. Eu não a reconheci.

"Doce Jennifer, boa sorte na exposição, do homem descuidado que te ama."

O florista chamado Mike limpou a garganta. "Desculpe, mas será que você pode falar inglês?"

Eu não consegui decifrar o que ele queria dizer. Repeti a mensagem, junto com meu nome e detalhes do cartão de crédito. Dessa vez minha voz estava menos frágil. Fez-se uma pausa, então Mike disse: "Eu não falo alemão. Bom, pelo menos acho que é alemão, mas seja lá o que você esteja dizendo, lembre-se de que nós vencemos a guerra".

Eu escutava sua risada enquanto ficava repetindo a mensagem. Enquanto ele dava risada, percebi que estava pensando a mensagem em inglês, mas dizendo em voz alta em alemão, então mudei para o inglês: "Doce Jennifer, boa sorte na exposição, do homem descuidado que te ama". Depois de confirmar que *descuidado* não era duas palavras, tínhamos chegado a um acordo. Mike disse que tinha sido um prazer me atender e que o nome verdadeiro dele não era Mike. Além disso, se ele soubesse que eu era capaz de falar outras línguas, teria me dito seu nome completo. "Mas, bom, cuide-se, Saul."

Naquele dia, duas pessoas tinham me dito: "Cuide-se, Saul".

Quando abri o chuveiro e lavei o sangue dos meus joelhos, percebi que estava chocado com o fato de Jennifer não ter reparado que meu corpo na verdade estava ralado e sangrando quando transamos. Eu sentia o cheiro do óleo de ilangue-ilangue na minha pele. Fico tão excitado com ilangue-ilangue. Depois comecei a passar as camisas que levaria para a Alemanha Oriental. Demorou um pouco para montar a tábua de passar e encher meu ferro antigo de água. Ou estava quente demais ou frio demais, mas apontar o bico de aço pesado para as mangas, trabalhar os punhos e ver o vapor subir deixaram minha mente mais leve. Desabotoei os punhos e virei do avesso para poder passar ao redor dos botões. Era fundamental não passar em cima dos botões, o que sempre deixa uma marca. Demorei um pouco para desabotoar todos os botões. Sinceramente, depois do acidente de carro e do meu primeiro pedido de casamento da vida ser rejeitado, parecia que eu tinha levado uma surra. O que Stálin mais detestava eram as surras do pai. Pendurei as camisas e saí para a sacada. Um bando de corvos desajeitados cobertos de fuligem saltitava pela grama do Parliament Hill Fields. Um deles de repente levantou voo e seguiu na direção de uma bacia para passarinhos. Carregava algo no bico que então largou na bacia. Talvez fosse um rato, coisa que me lembrou de que Stálin amava a filha, Svetlana, do mesmo jeito que um gato ama um rato. Como eu amava Jennifer e como ela me amava? Nem tenho certeza se ela chegava a me amar. Ela definitivamente era o gato e eu era o rato. Isso meio que me fez pensar que eu deveria tentar ser o gato pra variar, mas não me pareceu muito excitante.

Até agora, eu tinha respeitado o meu lado do acordo — nunca descrever, em palavras, como ela era maravilhosamente linda, nem para ela, nem para ninguém mais. Nem a cor do cabelo ou da pele ou dos olhos dela, nem o formato de seus seios ou lábios ou mamilos, ou o comprimento de suas coxas ou a textura de seus pelos pubianos, ou se seus braços eram musculosos ou o tamanho de sua cintura ou se ela raspava os pelos debaixo do braço ou se pintava as unhas do pé. Eu aparentemente não tinha palavras novas com que a descrever, mas se eu quisesse dizer: "Ela é maravilhosamente linda", tudo bem para ela, porque não queria dizer nada. Levando em conta que ela estava sempre falando da minha própria beleza sublime, fiquei imaginando se isso tinha algum significado. Para ela. Parecia que, em suas fotografias, isso fazia algum sentido, mas ela disse que na verdade não eram a meu respeito, era o todo da composição que importava, e eu era apenas uma parte daquilo. Por que ela tinha contornado os meus lábios com canetinha vermelha naquela foto em cima da cama? Eu sabia o quanto ela adorava me beijar, então, por que escreveu *NÃO ME BEIJE*? Era como se ela pensasse que fazer sexo a deixasse vulnerável e me desse poder demais. Jennifer não queria me dar esse tipo de poder, então eu simplesmente tinha que improvisar com ela. Ela tinha muito interesse por um aluno da sua faculdade de arte chamado Otto. Ele tinha cabelo azul e a mesma idade que ela. Mesmo que Jennifer acreditasse que ele estivesse destinado a ser o novo artista mais famoso do mundo, eu sabia que a cor do cabelo do amor verdadeiro dela era preto.

4

Destranquei a caixa de correspondência no hall de entrada do meu bloco de apartamentos para ver se as fotografias da Abbey Road tinham chegado. Elas seriam o meu presente para Luna Müller, a irmã mais nova do meu tradutor, Walter Müller. Quando pus a chave na fechadura, pareceu meio frouxa, como se os parafusos tivessem sido soltos e aparafusados de volta com pressa. Mas quando olhei para as caixas de correspondência dos outros moradores, vi que também estavam em mau estado. A madeira de todas elas estava lascada. Faltavam parafusos na maior parte das trancas de latão, que tinham sido feitas na década de 1930. Tinha sido mais difícil do que o normal alinhar a chave com o buraco. O senhorio subia o aluguel todos os anos, mas não fazia nada para consertar o prédio, que estava mais ou menos caindo aos pedaços. A velha mulher do andar de cima, a sra. Stechler, deixou o elevador e saiu mancando pelo hall com as mãos enluvadas agarradas ao tubo de aço do seu andador Zimmer. Pareceu assustada ao me ver de joelhos, examinando as fechaduras de todas as caixas de correspondência. Ela vestia um casaco de pele e começou a reclamar da artrite, de como o tempo úmido causava inflamação e fazia com que ficasse ainda mais manca. "Chuva é má notícia para os meus ossos", ela disse com sua voz lúgubre e profunda. Dei uma olhada através das portas de vidro do hall. O sol brilhava. A grama do jardim comunal ainda estava amarela por causa da onda de calor daquele verão. As folhas de outono não estavam molhadas.

"Algum problema, Saul?"

"Não."

"Eu queria perguntar sobre o seu sobrenome", ela disse.

"O que tem ele?"

"Na sua caixa de correspondência tem o nome Saul Adler."

"Tem, sim."

"Adler é um sobrenome judeu."

"E daí?"

Ela esperou que eu dissesse algo mais, e eu disse algo mais.

"Saul também é um nome judeu. Tudo bem para você?"

A boca dela ficou aberta, como se estivesse procurando um buraco maior pelo qual respirar. Parecia que o meu nome era o espectro que assombrava a sra. Stechler.

Eu me levantei porque era abjeto demais conversar com ela de joelhos. Depois de um tempo, perguntei se ela podia me dizer onde comprar uma lata de abacaxi.

"Qualquer lugar. Todo mercado tem uma lata de abacaxi. Até o mercadinho da esquina. Quer fatias ou pedaços? Calda ou suco?"

Ela ficou olhando fixo para mim através dos óculos grossos, como se eu fosse um ladrão pronto para roubar todas as caixas de correspondência do prédio. Eu tinha encontrado um envelope na minha caixa de correspondência e estava curioso para abrir, mas não queria que ela me observasse. Ela me disse que ia comprar uma fatia de bolo de semente de papoula na loja polonesa e, já que estava indo lá mesmo, precisava achar algo para remover a mancha do seu sofá verde-tartaruga. Eu estava pensando em tartarugas e em que tipo de verde as representava no ramo dos estofados, quando ela começou mais uma vez a reclamar da dor nas juntas e do tempo. Eu não conseguia me lembrar de nenhuma loja polonesa na rua que ela falou. Tinha um açougue e uma banca de jornal, e um salão de cabeleireiro que atendia praticamente só aposentadas como ela, mas nada que se assemelhasse a uma loja polonesa, a menos que o jornaleiro bengalês tivesse começado a vender confeitos do Leste Europeu. Me distraí porque agora tinha aberto o envelope e olhava fixo para as fotos, três delas em preto e branco.

Lá estava eu, caminhando descalço na faixa de pedestre com o meu terno branco com a calça boca de sino, as mãos enfiadas nos bolsos do paletó branco. Havia um bilhete de Jennifer:

> *Aliás, não foi John Lennon que caminhou descalço. Foi Paul. JL calçava sapatos brancos. Consegui pegar você no meio de um passo igual ao original, graças à minha fiel escadinha.*

Eu não me lembrava de ter tirado os sapatos, mas era verdade, estava descalço na fotografia. Quando ergui os olhos, vi que a sra. Stechler tinha deixado o andador Zimmer no hall, enfiado atrás da mesa do porteiro. Através das portas de vidro, eu a vi com seu casaco de pele, caminhando com passos ligeiros até o ponto de ônibus. Não era para ela estar prejudicada pela artrite?

Coloquei as fotografias de volta na caixa de correspondência, tranquei e caminhei até o supermercado mais próximo para comprar a lata de abacaxi para Walter Müller. O que Jennifer estaria fazendo hoje? Provavelmente resolvendo sua passagem de avião para os Estados Unidos. Obviamente, estaria no quarto escuro na faculdade, preparando-se para a apresentação de formatura, e mais tarde, muito mais tarde, estaria preguiçosa na sauna com Saanvi e Claudia, conversando sobre o infinito e sobre como um matemático depressivo chamado Georg Cantor encontrou um jeito de anotar números infinitos. Enquanto isso, eu tentava resolver se comprava abacaxi enlatado em rodelas ou em pedaços, em calda ou com suco. No fim, comprei duas bananas, uma baguete, um bife e então percebi que me demorava no balcão de queijos. Comecei a sentir certa solidariedade com a floricultura que só vendia rosas. Se havia uma infinidade de rosas a escolher, era a mesma coisa com os queijos. Shropshire blue, stilton, farmhouse cheddar, lancashire, red leicester, gouda, emmental.

Pedi ao assistente que me desse uma fatia grande do brie que derretia. Pingou da faca dele. Ele tinha mãos gentis.

O céu estava cinzento, assim como o chão. Tinha começado a chover. Um homem vestindo uma túnica africana se debatia com um guarda-chuva quebrado enquanto a chuva molhava suas sandálias. Parei para tomar um copo de chá e comer uma baklava num café turco. O doce pingava mel. Pedi um guardanapo, mas a moça que estava me servindo pareceu não escutar o meu pedido. Ela caminhou na direção de uma menininha de uns sete anos que lia um livro numa mesa próxima e sussurrou algo no ouvido dela. Achei que estivesse pedindo para a criança ir buscar um guardanapo para mim, mas só estava ajustando uma das fitas vermelhas no cabelo trançado da filha.

"O negócio é o seguinte, Saul Adler: o assunto principal nem sempre é você."

O negócio é o seguinte, Jennifer Moreau: você me transformou no assunto principal.

5

Estava acontecendo alguma coisa no meu bloco de apartamentos. Tinha gente correndo para fora do prédio em pânico. O engenheiro que morava no terceiro andar berrava a respeito de um incêndio. Eu não sentia cheiro de nada queimando. Havia um boato de que os bombeiros estavam em greve, apesar de não ter sido oficialmente anunciado. O senhorio aconselhou a todos nós que mantivéssemos um balde cheio de areia por perto, só para garantir, e também que tirássemos da tomada todos os aparelhos elétricos desnecessários, à exceção da geladeira. A sra. Stechler voltou com o que disse ser o bolo de semente de papoula, mas dava para ver através do saco plástico que ela segurava nas mãos enluvadas, e pareciam ser pedaços de carne sangrando. Quando ela pegou o andador Zimmer do hall, disse que talvez tivesse deixado a torradeira ligada na tomada e, pensando bem, não tinha certeza de que havia desligado o aquecedor elétrico. Por que ela estaria com o aquecedor elétrico ligado em setembro? Eu me ofereci para correr escada acima até seu apartamento para checar. Houve um debate entre os outros moradores reunidos na frente do prédio para decidir se aquilo era prudente. Ficou decidido que, se houvesse um incêndio, eu não devia me arriscar, mas, como insisti, aconselharam que eu pelo menos evitasse o elevador.

"Ele quer morrer, então deixem." A sra. Stechler chegou a sorrir quando entregou para mim as chaves do apartamento. Era a primeira vez que eu a via alegre.

Não subi correndo os cinco lances de escada; caminhei devagar porque ainda estava mancando depois da queda na faixa de pedestre da Abbey Road. Não havia sinal de fumaça quando abri a porta com as chaves. Tudo estava desligado no apartamento dela. Um telefone preto pesado estava posicionado no meio do tapete. Era um lugar estranho para colocar um telefone, principalmente se ela tivesse artrite e não pudesse abaixar com facilidade até o chão. Acompanhei o fio e vi que estava ligado à tomada na parede atrás da televisão. Fechei a mão em punho e comecei a bater na parede. Se eu estava em busca de algo, não tinha certeza do que queria encontrar. Será que a parede era oca ou sólida? Era isso que eu queria saber? Bati de novo. Era como se aquela ação fizesse com que eu me sentisse importante, e isso me fez imaginar que eu me sentia desimportante o resto do tempo. Será que a Stasi se sentia mais importante quando estava batendo em paredes com o punho fechado? O telefone tocou e eu tirei o fone do gancho.

"Alô. Aqui é o telefone da sra. Stechler."

"Quem está falando?"

"Meu nome é Saul. Sou vizinho dela."

"Aqui é o Isaac."

Uma pontada de dor atravessou meu peito.

"A sra. Stechler não está em casa. Quer deixar recado?"

"Saul de quê?"

As palavras *Saul de quê?* me encheram de pavor e medo e arrependimento.

Ainda assim, me esforcei para falar com clareza e suavidade ao telefone.

"Saul Adler."

Eu mal conseguia falar.

Percebi que estava com o coração partido. A sacola de compras do Wal-Mart que tinha sido soprada pelo vento na Abbey Road estava conectada aos Estados Unidos no tempo, e o nome Isaac também estava conectado aos Estados Unidos.

A linha ficou muda.
Alguém respirava perto de mim.
Eu me virei e olhei direto nos olhos assustados de um animal. Um poodle preto tinha pulado em cima do braço do sofá. Seus olhos estavam úmidos e ele gania. Inquilinos e locatários não têm autorização para manter animais nos apartamentos. Eu não fazia ideia de que a sra. Stechler tinha um cachorro. O fato de ela ter comprado carne crua em vez de bolo de semente de papoula agora fazia sentido.

Sentei-me no sofá e segurei o poodle no colo. O telefone começou a tocar de novo. Enquanto acariciava a cabeça quente do cachorro, me acalmei. Nossa respiração, de algum modo, tinha se sincronizado; respirávamos juntos enquanto esperávamos o telefone parar de tocar. Era muito tranquilo segurar o cachorro no colo e respirar junto com ele.

Eu estava com fome. Faminto. Talvez tivesse me esquecido de comer desde a quase colisão na Abbey Road. Estar sentado no sofá verde-tartaruga no meio de algo que podia ser uma emergência (a suspeita de incêndio) fez com que eu pensasse no meu amigo Jack, que tinha me dito que nunca ia querer ter filhos. Jack achava que pais eram alienígenas que falavam com vozes estranhas com os filhos e, de qualquer modo, ele queria ser o centro das atenções, especialmente das atenções sexuais de seus amantes. Ele não queria, de jeito nenhum, que essa atenção lhe fosse roubada pelas necessidades de uma criança ou pelas necessidades agora infinitas do pai alienígena.

Eu tinha concordado com ele com entusiasmo. Jack era dez anos mais velho do que eu, mas parecia mais novo do que seus trinta e oito anos. Usava paletós de linho cheios de estilo com tênis pretos de adolescente, o que sempre considerei um bom visual.

Eu não tinha tanta certeza de que pensava assim no dia em que comíamos *moules-frites* num bistrô francês na região oeste de

Londres. Tomei consciência durante aquele almoço de que nos considerávamos homens cultos, sofisticados e bonitos, um degrau acima dos pais exaustos que provavelmente não faziam sexo havia muito tempo. Ou não com seus parceiros exaustos, pelo menos.

No entanto, ainda na época, não acreditei totalmente em mim mesmo enquanto concordava com Jack. Apesar de ele ser engraçado e divertido, num certo aspecto era insensível. Eu disse isso em voz alta para o cachorro, que agora dormia no meu colo.

"Ele era, num certo aspecto, insensível."

Quando Jack olhou para o meu prato, reparou que eu tinha deixado alguns mexilhões. Perguntou se podia terminar para mim, como se estivesse me fazendo um grande favor. Empurrei minha travessa na sua direção, observando enquanto ele devorava tudo, chupando as conchas e mastigando muito rápido — ele achou que a lambança com as minhas sobras fazia com que ele parecesse muito adorável. E isso foi esquisito. (Falei isso mais uma vez em voz alta para o poodle: "Isso foi esquisito".) Eu estava gostando de lembrar de Jack com um cachorro decorativo e ilegal no meu colo. Se, no final das contas, houvesse um incêndio, talvez eu devesse salvar a vida dele? Era verdade que eu estava sentindo um cheiro ácido e amargo, mas será que era fumaça?

Eu tinha mais lembranças do belo Jack pra trazer à tona.

Peguei a pata do cachorro na mão e apertei. Depois que Jack comeu meus mexilhões, voltou a atenção para a conta que tinha acabado de chegar num pires. Deu uma olhada nela e, em vez de dividirmos meio a meio, insistiu que, como eu tinha pedido pão extra e eles tinham cobrado, eu devia cobrir o custo, apesar de ele ter aproveitado o pão extra. Ao mesmo tempo, ele estava de olho em uma torta de limão que o homem sentado sozinho à mesa ao nosso lado tinha deixado no prato. Jack queria estender a mão e devorar aquilo também. Quando ele me lançou um olhar conspiratório, perguntei a mim mesmo por que ele era tão difícil de amar. Acho que a pergunta estava na minha cabeça enquanto eu batia na parede com o punho fechado. A resposta era obviamente porque o próprio Jack não tinha amor para dar. Eu tinha feito uma pergunta à parede e, à sua maneira, ela tinha respondido. De repente fiquei preocupado que Jennifer pudesse pensar que eu não tinha amor para dar. Supostamente, Jack iria jogar tênis depois da nossa refeição. Ele me disse que tinha feito algumas aulas extras com um treinador para aperfeiçoar seu saque para esse jogo em especial. Eu não conseguia entender por que ele estava devorando um almoço enorme antes de um jogo de tênis, mas ele era muito magro. Fiquei achando que ele próprio fosse a criança que tanto deplorava. Uma criança que precisava ser empanturrada.

Nesse ínterim, era possível que, enquanto eu estava sentado no sofá, acariciando o cachorro ilegal, o bloco de apartamentos estivesse em chamas. Levantei-me e larguei o poodle preto no chão. Ele soltou um som indignado quando peguei o saco de papel com o brie e bati a porta da frente. Mais uma vez, desci as escadas mancando, mas não senti cheiro de fumaça. Todo mundo estava aglomerado na frente do bloco, apontando para várias janelas. Ficaram todos aliviados ao saber que a sra. Stechler não tinha deixado o aquecedor ligado. Eu disse a ela que alguém tinha telefonado.

Ela tirou os óculos grossos e pareceu confusa.

"Acho que não. Minha linha telefônica foi cortada."

Ela começou a soprar as lentes dos óculos, depois pegou a barra da saia e limpou os olhos.

"Aliás", ela disse, "eu também sou judia. Nasci em Cracóvia."

O engenheiro deu um tapinha no meu ombro.

"Obrigado por fazer a checagem de saúde e segurança, sr. Adler", disse com sinceridade. "Assim nós ficamos tranquilos."

Fiquei imaginando por que a sra. Stechler usava luvas e que tipo de espectro havia por baixo delas, mas não queria pensar nisso, então atravessei a rua correndo e liguei para Jennifer do telefone público na esquina.

"Está tudo bem, Jennifer?"

"Por que você me ligou?"

"Porque os bombeiros estão em greve."

"Quem disse que os bombeiros estão em greve? É a primeira vez que ouço falar disso."

Eu segurava o saco com o brie que derretia. Jennifer falava em um tom simpático, despreocupado, como se não tivesse rejeitado a minha oferta de casamento e, depois de usar o meu corpo, não tivesse meio que me expulsado de sua cama, ainda coberto de hematomas e sangrando por causa do acidente.

"As fotos ficaram boas, não ficaram?" Ela começou a falar de luz e sombra e do ângulo de que tinha tirado as fotos e sobre como na fotografia original dos Beatles reais, para o álbum *Abbey Road*, havia um turista americano parado embaixo de uma árvore que só estava ali na hora por acaso. Eu estava olhando para o saco de papel com a fatia de brie que derretia lá dentro. Parecia haver alguma espécie de mensagem escrita no canto direito do saco.

"Está tudo bem com você, Saul?"

O assistente do supermercado com mãos gentis tinha escrito o preço do queijo com caneta esferográfica e sublinhado duas vezes.

"Não, nada está bem, de jeito nenhum."

"O negócio é o seguinte, Saul Adler: vá se foder."

"O negócio é o seguinte, Jennifer Moreau: é exatamente isso que eu vou fazer."

Naquela noite, quando arrumei a mala para Berlim Oriental, percebi que tinha me esquecido de comprar a lata de abacaxi.

6

Berlim Oriental, setembro de 1988

Passei muito tempo dando risada com Walter Müller. Foi um alívio estar com alguém cuja vida não tinha a ver com ganho material. Walter era mestre linguista. Ensinava línguas do Leste Europeu a alemães orientais que iam trabalhar em outros países socialistas e era fluente em língua inglesa também. Fui com a cara dele assim que o vi à minha espera na estação de Friedrichstraße. Estava parado na ponta da plataforma, segurando um pedaço de papelão com o meu nome. Tinha uns trinta anos, cabelo sem graça na altura do ombro, olhos azul-claros, alto, ombros largos. Musculoso. Havia um tipo de energia em seu corpo, uma vitalidade que era relaxada, mas animada. Contei a ele sobre o pesadelo que tinha sido a viagem de trem até o aeroporto britânico e que o trem tinha ficado sem combustível e eu precisei esperar um ônibus reserva. Walter Müller balançou a cabeça de um jeito levemente zombeteiro para expressar a profundeza de sua solidariedade. Obviamente, na visão dele, eu nadava na parte rasa dos problemas da vida.

"Isso demonstra o péssimo gerenciamento do sistema de transporte do seu país."

Ele me conduziu para fora da Friedrichstraße e perguntou se eu queria caminhar até o apartamento de sua mãe ou se preferiria tomar um bonde. Concordei que devíamos ir a pé.

O inglês dele era formal, um pouco tenso, bem diferente da confiança e da energia do seu corpo.

"Esta é a nossa cidade à beira do Spree", ele disse, acenando na direção do rio. Caminhamos acompanhando as águas cinzentas do Spree enquanto nos dirigíamos para o teatro Berliner Ensemble, fundado por Brecht, que tinha passado os anos de nazismo em exílio. Ele tinha vivido em pelo menos quatro países. Eu os enumerei para Walter.

"Suécia, Finlândia, Dinamarca e, no final, Estados Unidos."

"Ah, sim, Brecht", Walter disse. "Sabia que Bruce Springsteen fez um show aqui em julho? Tocou durante três horas." Corrigiu a si mesmo. "Não. Quatro horas."

Eu sabia que Brecht tinha sido considerado suspeito pelas autoridades por ter escolhido viver nos Estados Unidos, e não na União Soviética. Ainda assim, ele tinha retornado à Alemanha Oriental para escrever suas peças, na esperança de participar da construção de um novo Estado socialista. Parecia que eu estava mais interessado em Brecht do que meu tradutor, então não disse a ele que eu conhecia a letra toda da *Ópera dos três vinténs* ("uma ópera para mendigos") e costumava cantar "Surabaya Johnny" enquanto tomava banho. Baixei os olhos para os dois cisnes brancos nadando lado a lado no Spree.

"Cisnes gostam de viver juntos", eu disse. "Estabelecem laços fortes um com o outro."

Walter tentou parecer interessado. "Obrigado pela informação." A voz dele era séria, mas seus olhos sorriam.

Walter me disse que tinha acabado de voltar de Praga, onde estava traduzindo do tcheco para o alemão para camaradas que tinham se inscrito em um curso de engenharia. Quando agradeci por ele ter vindo ao meu encontro na estação, considerando que tinha acabado de chegar de uma viagem, ele deu risada. "Esta caminhada com você é minha boa sorte. Posso fazer algo produtivo, como levar você para tomar uma cerveja." Uma mosca zumbia ao redor de seus lábios. Ele a espantou com a mão e bateu com a bota no calçamento de paralelepípedos para evocar um medo extra.

"Mágica." Ele deu risada e bateu a bota mais uma vez.

"Mágica", repeti. Eu não sabia muito bem o que estava acontecendo nem por que ele estava rindo.

"Seja lá o que você fizer", ele disse, "quando escrever o seu relatório a respeito da nossa república, não diga que tudo era cinzento e estava caindo aos pedaços, a não ser pela interrupção colorida de bandeiras vermelhas posicionadas nos prédios."

"Claro que não." Olhei nos olhos azuis pálidos dele com meus olhos azuis intensos. "Vou mencionar que há moscas. E que muitas mulheres são condutoras de bonde." Eu ainda não o conhecia bem o suficiente para dizer que tinha me acostumado a ser censurado porque Jennifer tinha me proibido de descrevê-la com minhas próprias palavras.

Demos prosseguimento à nossa conversa sociável. Walter caminhava rápido com seu casaco de inverno enquanto eu tentava acompanhar com meu paletó leve. Ele me disse o quanto tinha gostado do nome de um doce em Praga. Chamava-se "caixãozinho" e era feito principalmente de creme. Achei que ele estava falando de uma bomba de creme.

Perguntou se eu conhecia o trabalho da artista tcheca Eva Švankmajerová. Eu não conhecia. Ele admirava uma frase que ela tinha escrito; ia tentar traduzir para mim agora. Fechou os olhos — "Lá vai" — e franziu a testa durante um bom tempo enquanto tentava juntar as palavras em três línguas, tcheco, alemão e inglês; então abriu os olhos, deu um soco no meu braço e jogou o cabelo para trás. "Não é possível traduzir." O que ele mais gostava em Praga era virar uma dose de *slivovitz*, "bem velho, da Morávia". Em breve ele me apresentaria para o diretor da universidade, que provavelmente ia me oferecer uma aguardente de boa qualidade.

Depois de um tempo, perguntou por que eu estava mancando. Contei para ele, em alemão, do quase acidente na Abbey Road, e ele disse, em inglês: "Então, vamos falar em alemão ou em inglês um com o outro?".

"Bom, talvez possamos fazer meio a meio...", eu disse em alemão.

"Por que você é fluente em alemão?", ele perguntou em inglês.

"A minha mãe nasceu em Heidelberg."

"Então, você é meio alemão?"

"Ela foi para a Grã-Bretanha quando tinha oito anos."

"Ela falava alemão em casa?"

"Nunca."

Dessa vez ele não me agradeceu pela informação.

Como continuei a mancar, ele perguntou se eu era manco.

"Eu não sou manco. Só estou com o quadril machucado."

Eu disse isso bem alto e com sentimento. Não queria parecer ridículo a Walter Müller. Não. De jeito nenhum. Queria parecer algo diferente, mas a verdade é que senti uma dor no estômago. Parecia que algo estava sendo removido das minhas entranhas com uma faca.

Ele se ofereceu para carregar minha bolsa. Recusei, mas ele a pegou do mesmo jeito e pendurou no ombro enquanto caminhávamos por uma rua de paralelepípedos chamada Marienstraße. Depois de um tempo, ele apontou para um hospital onde a irmã dele trabalhava como enfermeira. "Os médicos são muito bons", ele disse, "mas é melhor não ter que passar a noite lá. Ela pode providenciar um raio X para você, se quiser?"

"Não!" Dei um soco no seu ombro com tanta força que ele começou a dar risada.

"Você é mais forte do que parece."

Não acho que ele falou sério, porque me empurrou para longe quando tentei tirar minha bolsa dele.

Um bonde tinia à distância.

"Sente-se, Saul." Walter apontou para um degrau de pedra na entrada de um dos blocos de apartamentos.

Eu me sentei no degrau como ele tinha instruído. Ele se sentou ao meu lado com minha bolsa entre os joelhos. Tudo estava em paz e calmo. Reparei que Walter agora tinha posto óculos e lia seu jornal. O céu escureceu e seu braço esquerdo estava apoiado em meus ombros. Eu me senti feliz. Inexplicavelmente feliz. Foi igual ao momento em que me sentei no sofá da sra. Stechler com o poodle ilegal no colo. Ficamos lá sentados durante um bom tempo.

Passado um instante, ele dobrou o jornal e deu um tapinha no meu ombro.

"Conte do seu acidente."

Comecei a falar. Me ouvi dizendo coisas que nem sabia que estava pensando. Contei a Walter que o que mais tinha me deixado preocupado na Abbey Road era que a minha mãe havia morrido em uma batida de carro quando eu tinha doze anos. De algum modo, de um jeito irracional, achei que Wolfgang — esse era o nome do motorista, expliquei a ele — podia ter sido a pessoa que a matou.

"Esse é um medo compreensível", Walter disse.

Disse a ele que minhas mãos tinham começado a tremer quando retornei ao local do acidente e que tinha me sentado na mureta com a mulher que pediu para eu acender seu cigarro. O tremor, eu disse a ele, tinha a ver com a lembrança dos primeiros segundos depois de receber a notícia de que minha mãe tinha morrido e nunca mais voltaria para casa. E, depois, uma segunda lembrança de me dar conta de que isso significava que eu teria de morar com meu pai e com meu irmão sem a minha mãe, que usava o corpo feito um muro humano para me proteger deles.

"Você precisava ser protegido do seu pai e do seu irmão?"

"Precisava. Eles eram homens grandes. Teriam gostado de você."

Ele balançou a cabeça e deu risada. "Acho que não."

"Walter", perguntei, "onde fica o Muro? Não estou vendo."

"Está em todo lugar."

Contei a ele que o acidente fatal da minha mãe e o meu pequeno acidente tinham se fundido na minha mente e que eu ainda sentia uma raiva insaciável do motorista que a tinha atropelado. Eu o considerava um assassino. O tempo que havia passado não tinha feito com que a morte da minha mãe ficasse menos vívida. Apesar disso, eu não estava prestando atenção de verdade quando atravessei a rua.

"Ah, sim." Walter dobrou o jornal, primeiro ao meio, depois mais uma vez. Enquanto eu observava seus dedos alisando as pontas do papel, reparei que estavam cobertos com a tinta cinzenta do jornal. Palavras aleatórias se borravam feito cinzas na ponta dos seus dedos. Era como se eu estivesse escutando o som de uma máquina de escrever na cabeça. As teclas martelando uma página. Era como se eu estivesse fazendo um relatório de informação sobre mim mesmo. *Herr Adler é um homem descuidado.* Mas essas não eram as palavras que Walter me dizia agora.

"Talvez você precise repetir ou algo assim?"

"Repetir o quê?"

"A história."

Ele se inclinou para a frente e perguntou se podia me ajudar a amarrar meu cadarço esquerdo. Tinha desamarrado na nossa caminhada. Minha humilhação era infinita. Ele foi gentil e não me julgou, como às vezes desconhecidos fazem, geralmente porque a história ainda não se intrometeu. Eu me levantei e comecei a seguir em frente sem ele. Não fazia ideia para onde estava indo, mas não queria que ele visse as minhas lágrimas. Tinha acabado de chegar e lá estava ele carregando a minha bolsa, amarrando os meus cadarços, e agora eu estava chorando. Quando ele me alcançou, tinha tirado os óculos. Havia um vergão em cima do seu nariz, onde o plástico pressionava a pele.

"Ei, Saul, espere por mim."

Ele estava parado ao lado de uma mulher que carregava uma caixa de madeira. Acontece que estava cheia de couves-flores pequenas. Walter falou com ela num dialeto que não entendi. Achei que estava me dando tempo para enxugar os olhos discretamente. O problema era que meus olhos se recusavam a secar. Eu enxugava e mais lágrimas escorriam. Fiquei acanhado além da conta por ter trazido uma porção tão grande do meu pesar para a RDA. Sim, foi uma quantidade e tanto. Eu precisava do meu amigo Jack, que comia os restos da comida de todo mundo, para tirar um pouco daquilo de mim. A natureza nada generosa de Jack era o oposto da de Walter, apesar de Walter não ser menos sofisticado. Ele certamente tinha menos estilo e era menos agressivo. Comecei a entender mais do que ele dizia à mulher que segurava a caixa. Estava falando de cerejas. Algo a respeito da cerejeira do terreno da datcha de sua família. Ele também tinha plantado couves-flores, mas não tinham pegado. Todas murcharam. Ela olhou à meia distância, para algum lugar acima da minha cabeça, mas eu sabia que estava olhando para mim.

Acenei para ela. Ela não correspondeu, seu rosto era uma fachada de pedra. De repente compreendi que poderia ser perigoso para ela travar contato com ocidentais. Alguém a denunciaria por ter acenado para mim. Não avistei nenhum mendigo nem drogado nem cafetão nem ladrão nem ninguém dormindo na rua. No entanto, a expressão dos seus olhos permaneceu comigo, assim como seus lábios. Será que eu preferiria que me roubassem a carteira se isso significasse que eu tinha liberdade de cumprimentar um desconhecido sem medo? Ela e Walter pareciam se conhecer porque ele deu um beijo no rosto dela e ela lhe deu uma couve-flor. Walter enfiou a mão no bolso e tirou dali uma sacola de tiras vermelhas. Colocou a couve-flor dentro da sacola e pendurou no ombro.

"Tive sorte", ele gritou para mim.

Continuamos a caminhar. Estava mais fácil agora que a dor no meu estômago tinha diminuído. Perguntei sobre seu terreno. Ele me disse que estava pensando em criar abelhas e me convidou para passar um fim de semana na datcha nos arredores da cidade para que eu pudesse ver com os meus próprios olhos.

"Eu apreciaria muito, obrigado." Parece que ainda estávamos bem longe do apartamento da mãe dele. Perguntei a ele por que sua irmã se chamava Luna.

"A lua é uma fonte de luz. E Luna é a fonte de luz da minha mãe. A primeira filha que ela teve não sobreviveu."

Ouvir essas palavras despertou uma dor funda em mim, junto com todas as outras dores. Igual a um lago de águas escuras. Iluminado pela lua.

Quando eu não estava mancando, estava chorando. Foi um início terrível.

"Não falta muito para chegar ao bar", Walter disse, "mas primeiro eu preciso deixar a couve-flor em casa." Ele me conduziu por um pátio interno de um prédio antigo de pedra e me disse para esperar ao lado da escada.

De novo, me sentei no degrau. Dessa vez, amarrei meus próprios cadarços.

As paredes do bloco de apartamentos estavam marcadas por buracos de bala da última guerra. Meu pai teria colocado a mão na massa imediatamente e começado a rebocar as paredes da

RDA. Eu me peguei preocupado com a descrição que Walter fez da cerejeira murcha que crescia no jardim de sua datcha. Apesar de eu estar sentado em um degrau de pedra em Berlim Oriental, recebia imagens de algum outro lugar. Eram todas em preto e branco, como as fotografias de Jennifer. Uma casa de madeira em Cape Cod, Estados Unidos. A casa era construída em pinho e cedro. Dentro dela havia uma grande lareira. As janelas eram cobertas por venezianas de madeira. Jennifer estava em algum lugar daquela casa e seu cabelo tinha ficado branco.

Dava para escutar os pios das gaivotas do litoral de Cape Cod e das margens do Spree em Berlim Oriental.

Quando Walter desceu a escada, segurava um trenzinho de brinquedo minúsculo, entalhado em madeira.

"Preciso consertar." Ele enfiou o trenzinho no bolso do casaco. "Tem cola na casa da minha mãe."

Ele estava tentando explicar algo complicado para mim em alemão. Parecia ser a respeito de por que ele não morava com a mãe e a irmã. Não entendi e perguntei se podíamos conversar setenta por cento em inglês, em vez de cinquenta, até eu me firmar.

Coloquei a palma da mão no seu peito, apoiando-me nele enquanto recuperava o fôlego do choque de ter vislumbrado aquele trenzinho de madeira. Uma das rodas, pintada de vermelho, saía do bolso do casaco de Walter. Eu já tinha visto aquele trenzinho, ou sonhado com ele, ou até o enterrado, e lá estava ele, retornando feito um espectro para me atormentar.

"Está tudo bem, Saul?"

"Com toda a certeza", respondi.

Walter sugeriu que tomássemos um bonde até o bar.

7

O apartamento que eu ia dividir com a mãe de Walter e sua irmã, Luna, era surpreendentemente espaçoso. Três das paredes da sala eram cobertas de papel cor de laranja com espirais. Walter me disse que no inverno a sala era aquecida com carvão mineral. Mostrou o forno de carvão de lajotas de cerâmica. Tinha um cheiro acre, nada parecido com a fuligem do carvão vegetal, mas isso parecia ser porque o carvão mineral vinha em briquetes. Esse era um dos poucos recursos naturais da RDA, e a mineração era intensa, por isso, regiões inteiras tinham sido devastadas. Os entregadores de carvão chegavam cedo pela manhã carregando sacos pesados até o pátio. Era função de Luna limpar as cinzas, e ela sempre reclamava feito uma tsarina mimada, mas não dava muito trabalho. Nesse momento, sua irmã, depois do serviço, deveria estar na fila para uma entrega muito rara de bananas. Ela era louca por frutas. Qualquer tipo de fruta, menos maçã.

"Eu não dou a mínima para as bananas." Walter parecia bem preocupado. "Não preciso comer bananas quando elas estão disponíveis. Mas gosto das laranjas quando chegam de Cuba."

Eu percorria a sala com os olhos enquanto ele falava. Estávamos nos aproximando do assunto do abacaxi e acho que eu estava procurando um lugar para me esconder. O telefone que ficava no meio da mesa parecia com o da sra. Stechler em Londres. Uma bandeja ajeitada ao lado do aparelho estava posta com um bule de chá branco alto, duas xícaras e pires de porcelana empilhados ao lado. Um espelho emoldurado com madeira escura pesada estava pendurado na parede e, estranhamente, ao lado dele, um calendário de 1977 com uma mulher tipo pin-up posando com um biquíni de oncinha dourado e unhas douradas para combinar. Uma rosa amarela enfeitava o lado esquerdo do cabelo dela. Depois de falar sobre frutas durante um tempo, Walter me mostrou o meu quarto. Havia uma cama de solteiro simples encostada na parede. Estava feita, com dois cobertores e um travesseirozinho; uma toalha azul estava dobrada com capricho por cima da coberta. Ele me disse que a mãe logo chegaria em casa para cozinhar algo, mas que geralmente ele preparava toda a comida para a família. Alguém batia na porta de entrada. Primeiro uma batida forte, depois três batidinhas leves.

Era um colega de Walter da universidade. Ele se chamava Rainer e carregava um violão no ombro, por cima da jaqueta cáqui. Rainer usava roupas com jeito hippie e ocupava algum tipo de cargo administrativo, ajudando com fotocópias e reservas de salas para seminários. Era sonhador e quieto em sua jaqueta cáqui e calça boca de sino roxa. Era comprida demais para ele, por isso tinha dobrado a barra. Rainer me disse que gostava de ler os poetas beats americanos, mas tinha que contrabandear os livros para a RDA. Walter perguntou da irmã dele, que não andava bem. "Ah, ela continua irritada." Ele dedilhou alguns acordes no violão e explicou que a irmã fazia parte de uma brigada juvenil que havia pouco tinha ajudado a limpar o terreno de um bloco de apartamentos que estava caindo aos pedaços. Ela estava no telhado fazendo pequenos reparos; havia sido um verão de muito calor, por isso vestia shorts e a parte de cima de um biquíni. Uma amiga que também participava da brigada juvenil tinha tirado uma foto dela, mas a câmera havia sido confiscada e o filme, exposto pelas autoridades, então agora a mãe dizia que ela não podia mais se encontrar com a amiga. Antes, quando Walter e eu estávamos tomando cerveja no bar, ele tinha me contado que também havia participado de um grupo juvenil na adolescência e que o objetivo era criar solidariedade entre jovens que se sentiam inferiores ao Ocidente do ponto de vista material. Ele achava que era uma coisa boa, mas não gostava de usar o uniforme.

Ele escutava Rainer, sem sorrir e rígido. Depois de um tempo, disse que duvidava que a câmera tivesse sido confiscada e o filme exposto se não houvesse nada ofensivo nele. Parecia falso. Eu me lembrei de Jennifer dizendo que havia um espectro dentro de cada fotografia que ela revelava no quarto escuro. Rainer dava risada enquanto dedilhava o violão combalido. "É, é verdade que temos muitos inimigos tentando perpetrar sabotagem onde puderem." Rainer também parecia falso, mas eu mal o conhecia, e o mesmo era verdade em relação a Walter, então, como é que eu podia saber? Talvez houvesse um aparelho de escuta escondido atrás do espelho grande pendurado na parede.

Apesar disso, Rainer era uma companhia fácil. Ele me disse que fazia parte de um grupo de discussão na igreja que promovia a paz e um modo de vida mais relaxado. Na sua visão, se o seu governo é violento com o povo internamente, mas prega a paz no exterior, algo não está certo. Apesar de seu grupo provavelmente estar sob vigilância porque compreendia um bom número de rebeldes e jovens ativistas verdes que desejavam outro sistema, entre eles o próprio padre, a única coisa que faziam era tocar violão e cantar e conversar.

"O que vocês fizeram hoje? Walter levou você para tomar uma cerveja?"

"Compramos uma couve-flor", Walter respondeu.

"Legal." Rainer voltou a sorrir. Os dentes dele eram alinhados e brancos e nem um pouco britânicos — ou alemães-orientais, aliás.

Quando olhei para Walter, ele não estava sorrindo. Talvez estivesse cansado de ter que carregar a minha bolsa e amarrar os meus cadarços e caminhar em passo infantil e fingir não ter reparado que eu estava chorando. Depois de um tempo, Rainer disse que precisava ir andando, mas que eu o procurasse se necessitasse de ajuda com a minha pesquisa. Eu disse a ele que precisava mesmo fazer fotocópias de algumas anotações que vinha fazendo para uma palestra que estava escrevendo.

"Sem problema." Ele se levantou e remexeu na alça do violão enquanto eu separava minhas anotações amassadas e ilegíveis.

Claro que não lhe entreguei minhas anotações sobre a psicologia dos tiranos. Sobre como o pai de Stálin era um bêbado que batia no filho com maldade para que ele tivesse uma razão para nunca mais ser o perdedor. Não, entreguei a Rainer uma lista abrangente de todas as conquistas de Stálin e uma linha do tempo. "Vou providenciar tudo para você na segunda-feira." Ele fez para mim um V com os dedos, aquele que significa paz, e me disse para não ficar bêbado.

Alguns minutos depois que ele saiu, o espelho pendurado na parede cor de laranja caiu. O barulho que fez quando bateu no chão me sobressaltou. A última vez que eu tinha visto um espelho quebrado havia sido na faixa de pedestre da Abbey Road. O espelho retrovisor do carro, do carro de Wolfgang, tinha explodido em uma pilha de estilhaços refletores. Walter e eu caminhamos até o espelho e reparamos que estava intacto. Não tinha nem rachado. Eu examinava o papel de parede para ver se havia um aparelho de escuta por baixo dele, mas a superfície parecia lisa e bem colada na parede. Cada um segurou o espelho de um lado e voltamos a pendurá-lo. Quando estava preso com firmeza a seu prego enferrujado na parede, dei uma olhada em Walter no espelho. Seus olhos olhavam dentro dos meus. Ele não estava puxando papo com os olhos. Então desviou o olhar.

Enxerguei pelo espelho que ele olhava para outra coisa e pensei na maneira como Stálin tinha erradicado o passado ao eliminar do registro histórico tudo que considerasse inconveniente. Mas eu sabia que o olhar era um registro histórico do desejo de Walter. Não havia como ser eliminado.

Os olhos dele estavam em mim o tempo todo.

Ele me observava enquanto eu enfiava a mão na bolsa a tiracolo de lona cinza que normalmente estava abarrotada com os livros que eu carregava para as minhas palestras. Tirei dela uma caixa de fósforos, abri e mostrei a ele a colherada das cinzas do meu pai lá dentro. Walter pareceu estupefato. Expliquei que o meu pai, que tinha sido comunista desde os catorze anos, havia morrido fazia pouco tempo e que eu queria enterrar parte dele no solo da Alemanha Oriental. Ele tinha sido admirador da RDA por tentar criar uma sociedade que fosse diferente da de seus predecessores fascistas, por isso eu precisava encontrar um lugar para enterrar suas cinzas.

Walter examinava o trenzinho de madeira. Uma das rodas vermelhas havia se soltado. Ele parecia decepcionado e tenso. Percebi que achou que eu estava remexendo na bolsa para pegar a lata de abacaxi que eu tinha prometido trazer de Londres. Quando fui ao supermercado do bairro, ainda sob o choque do acidente, olhei por muito tempo para as fileiras de frutas enlatadas, todo tipo de fruta e toda variedade de abacaxi enlatado. Mas, de algum modo, me distraí e passei para o balcão de queijos. Walter agora olhava para o papel de parede, para o teto, para o chão, para qualquer coisa que não fosse a caixa de fósforo na minha mão.

"Peço desculpa, Walter. Esqueci o abacaxi."

Expliquei como estava na maior correria quando saí da Grã-Bretanha. Reuniões na universidade, correção de dissertações dos alunos, problemas de último minuto com o visto para resolver. Achei que seria melhor não mencionar a abundância do balcão de queijos, onde eu tinha me distraído com as mãos gentis do homem que me mostrava a fatia de brie no ponto. Walter deu uma olhada na caixa de fósforos cheia de cinzas na mesa e balançou a cabeça. Trocar as cinzas de um cadáver por uma lata de abacaxi era uma afronta, um insulto. Como é que eu tinha esquecido a humilde lata de abacaxi que ele havia pedido? Senti meu rosto corar. Era como se meu corpo todo estivesse pegando fogo, e isso fez com que eu pensasse no incêndio no meu bloco de apartamentos quando voltei do supermercado sem a lata de abacaxi. Fiquei me perguntando se o incêndio que nunca aconteceu era minha própria vergonha.

"Tudo bem", ele disse. "Acontece."

Peguei um maço de marcos alemães-ocidentais e coloquei na mesa. Estava me sentindo muito desconfortável.

"Podemos comprar o abacaxi na Intershop."

"Não é permitido ter marcos ocidentais aqui, guarde."

Fiquei surpreso com seu tom autoritário. Quer dizer, ele estava assumindo uma autoridade que eu não tinha achado, de início, que possuísse ou até mesmo desejasse possuir. Era o ventríloquo da voz do Estado e soava como o meu pai.

Suponho que eu quisesse me provar para ele como algo mais do que um burguês decadente que tinha se esquecido de trazer uma lata de abacaxi para os meus anfitriões. Contei a ele que meu pai tinha sido pedreiro, gesseiro, e que costumava misturar crina de cavalo ao gesso para impedir que rachasse. Ele chamava a ferramenta de aplicar gesso, a prancha de madeira quadrada lisa com uma alça presa no meio, de "trolha".

Trabalhou com a trolha e a colher de pedreiro dele a vida toda. Às vezes, quando fazia um trabalho externo, adicionava pó de mármore ao gesso. O irmão mais velho do meu pai era ferreiro e, além de ferraduras, fazia peças para estradas e estaleiros. E meu irmão era eletricista. Eu era a primeira pessoa da minha família a ir para a universidade.

"Ah, sim. Que sorte a sua."

Colocou para tocar um disco de Bruce Springsteen e saiu da sala. Vi quando dançava na cozinha enquanto enchia uma panela com água. Enfiei a caixa de fósforos rapidinho de volta na minha bolsa. Até as costas das minhas mãos estavam coradas. Fechei a mão vermelha direita num punho e comecei a bater na parede do apartamento. As batidas fizeram com que eu me sentisse menos frágil, como se estivesse procurando algo que apenas eu soubesse que estava lá. Walter me observava da cozinha. A certa altura, gritou: "Já encontrou alguma coisa?". Quando ele entrou segurando duas xicrinhas, deu uma olhada no ponto do meu pescoço onde os botões estavam abertos. Eu ainda queimava de tão corado.

"Minha mãe está quase sem café, mas tem uma boa reserva de açúcar, então isto aqui é quase só açúcar e o resto é chicória."

Nos sentamos em duas cadeiras duras, um diante do outro.

Ele se inclinou para a frente e, com o mindinho, encostou no canto do meu olho. Um pedacinho da parede tinha se alojado perto da minha pálpebra.

Ele então ergueu a xícara.

"A ter conhecido você, Saul, aqui em Berlim Oriental, em 1988."

Dei um gole no café que não tinha gosto de café, mas era doce e quente, como ele disse.

"Sabe, Walter, acho que não é a data certa."

"Então, quando você está vivendo?"

"Mais para a frente."

O sol se punha sobre os prédios machucados por balas.

Eu me inclinei para a frente e sussurrei no ouvido de Walter, feito um amante: "A Alemanha Ocidental e a Oriental vão ser uma só. Vai haver uma revolução. À exceção da Romênia, não haverá sangue nas ruas".

"E qual será a motivação para essas revoluções?" Ele também sussurrava com os lábios próximos ao meu ouvido.

"Na Alemanha Oriental, a motivação não é apenas pela vida econômica melhor do outro lado do Muro. É, eu sei que vocês estão frustrados com o regime autoritário, mas essa também não é a motivação. A economia da União Soviética estará à beira do colapso. O comunismo soviético vai cair. O secretário-geral Gorbatchóv é o homem que vai acabar com a Guerra Fria."

Nossos joelhos se tocaram.

"Escute o que eu vou dizer, Walter. Será possível aos cidadãos da RDA atravessar a fronteira quando bem entenderem."

Ele começou a tossir.

Eu não sabia se o futuro que eu tinha delineado havia entalado feito um osso na garganta de Walter ou se ele só estava atordoado.

Ele se levantou, foi até a cozinha e jogou água fria no rosto.

Quando voltou, Walter começou a caminhar de um lado para outro na sala com os braços cruzados sobre o peito. Seu rosto estava tão pálido que me chocou.

Estendi a mão e toquei a fivela do seu cinto. Escutava uma voz dentro da minha cabeça igual ao alto-falante de um trem, anunciando: "Atenção", mas já era tarde demais. Minha mão direita alcançou as pontas do seu cabelo comprido, que cheirava a carvão mineral. Ele me empurrou para longe. Foi um insulto, mas também um flerte, uma amostra de sua força física, talvez uma ameaça.

A porta se abriu e uma mulher entrou carregando um saco de farinha.

"*Hallo*." Ela pousou a farinha com força na mesa.

"Eu me chamo Ursula. Sou a mãe de Walter. Está tão quente que a minha irmã me disse que os jovens estão nadando na fonte em Leipzig."

O casaco pesado de Walter estava sobre as costas de uma cadeira. Talvez ele não tivesse roupas para o fim do verão, quando ainda fazia calor. Senti o cheiro pungente de rosas. Ursula usava um perfume forte e doce.
"Boa noite. Sou Saul Adler."
"Eu sei. Quem mais você poderia ser?"
Ela apertou a minha mão. Seu cabelo era tingido de um vermelho profundo. Desbotava nas raízes.
"Estou fazendo um estoque de farinha", ela disse em inglês, "porque vou fazer um bolo de abacaxi para Luna."
Sua mão se demorou na minha.
"É aniversário dela na semana que vem e ela disse que aceitaria que o nosso muro subisse mais um metro só por um pedaço de abacaxi."

8

A bibliotecária responsável pelo arquivo da universidade parecia ter uma péssima opinião a meu respeito. Ou eu falava muito alto, ou muito baixo, ou devagar demais. Ela parecia não saber muito a respeito dos diversos jornais e boletins que eu precisava acessar para a minha pesquisa. Quando pedi para falar com algum outro funcionário, ela me disse, num tom que se assemelhava a duzentos quilômetros de arame farpado, que aquilo era desrespeito.

Os livros didáticos que recebi da secretária do diretor da universidade eram todos de propaganda política, assim como os jornais e os programas de TV, mas nada daquilo era novidade para mim. Eu já tinha escutado tudo aquilo do meu pai. Eu sabia que a minha presença na universidade ia despertar o interesse da Stasi, mas não o fascínio. Afinal de contas, eu não era espião nem estava ali para incentivar ninguém a fugir do país. Mesmo assim, era como se houvesse um olho e um ouvido invisíveis em algum lugar próximo. Meus próprios olhos e ouvidos tinham se tornado hiperalertas, mas, até agora, tirando a bibliotecária, não tinha visto ninguém me vigiando. No entanto, o fato de eu estar procurando alguém que pudesse estar ali, como se sua ausência fosse mais ameaçadora do que sua presença, como se falta de vigilância fosse mais estranha do que vigilância constante, fez com que eu pensasse em como me senti depois que o meu pai morreu. Era difícil acreditar que ele não estava mais aqui para encontrar erros em tudo o que eu fazia e dizia, e para me castigar pelas minhas falhas. Acho que eu já era paranoico muito antes de chegar a Berlim Oriental.

Comecei a considerar meus próprios olhos e ouvidos como tecnologias avançadas de vigilância.

À exceção da bibliotecária, a maioria dos funcionários era prestativa e afável. Eu me sentia contente de passar a maior parte dos dias pesquisando o movimento juvenil inspirador que tinha começado na Renânia como alternativa à cultura semimilitar da Juventude Hitlerista, na qual a participação se tornou compulsória a partir de 1936. Era cativante o grupo ter se autodenominado Piratas de Edelweiss. A maior parte das cidades da região Oeste da Alemanha tinha contado com algum grupo de Piratas, mesmo que não tivesse se unido sob esse nome. A idade dos integrantes variava de doze a dezoito anos, eles usavam camisas xadrez boêmias, entoavam paródias do hino da Juventude Hitlerista e gostavam do jazz e do blues que vinham da França. Os meninos deixavam o cabelo crescer para protestar contra a mentalidade dos pais. Eu ficaria contente se pudesse emprestar a eles minha gravata de seda cor de laranja e minha boina de pele de cobra falsa. Os grupos eram ainda mais impressionantes porque a maioria dos Piratas tinha recebido educação em escolas sob controle nazista. Eles precisaram se esforçar um tanto para resistir à invasão de sua mente antes de a Polônia ser invadida.

Nossa canção é liberdade, amor e vida,
Nós somos os Piratas de Edelweiss

Os pais desses jovens deviam ler jornais como *Der Stürmer*, lotado de cartuns com caricaturas grotescas de judeus. A caminho da escola, deviam passar por lojas que vendiam instrumentos para medir a diferença de tamanho entre crânios arianos e não arianos. Os jovens Piratas tentavam fazer essas coisas desaparecerem durante as poucas horas em que se encontravam. Meu tema de estudo era a resistência cultural ao nazismo, mas cientistas, médicos, acadêmicos e advogados tinham contribuído com entusiasmo ao programa racial nazista. O genocídio oferecia oportunidades para adquirir riqueza: fábricas, lojas, propriedades familiares e mobília abandonada. Setenta e dois trens cheios de ouro foram enviados a Berlim de Auschwitz. O ouro tinha sido tirado dos dentes dos homens e das mulheres que nunca mais voltariam a ver seu lar. O fascismo, trabalhando de mãos dadas com o nacionalismo, tinha industrializado o assassinato em massa, organizado o transporte de gases venenosos baratos e recrutado operadores de eutanásia.

Eu tinha encontrado um lápis de olho azul no bolso. Chamava Spray do Oceano e havia sido um presente de Jennifer no meu último aniversário. Costumava usar paletó e gravata na biblioteca, na esperança de mostrar que eu era um estudioso sério, com pensamentos em total sintonia com um regime ideologicamente policiado por homens velhos de terno. Sim, o governo autoritário e eu poderíamos nos sentar juntos num sofá e respirar em sincronia, serenos, calorosos e amorosos, deleitando-nos no silêncio da camaradagem. Estava começando a ficar muito parecido com meu pai, então passei um pouco de Spray do Oceano embaixo dos olhos e saí para pesquisar a resistência cultural ao nazismo na Alemanha da década de 1930.

O Spray do Oceano se comprovou uma onda de ressaca.

A bibliotecária se debruçou por cima da mesa e olhou bem nos meus olhos oceânicos. Parecíamos felinos maliciosos assumindo posições estranhas na tentativa de descobrir por que o outro poderia ser um adversário. Só era lápis de olho. Nós meio que ficamos nos encarando. Ela estava fazendo algo estranho para sinalizar sua desaprovação. Isso incluía mover os músculos do queixo e dos lábios para que seu nariz se franzisse e suas narinas ficassem maiores. Fiquei feliz por ela não estar armada com uma pistola.

Nunca havia discutido a minha pesquisa com meu tradutor, que tinha mais ou menos desaparecido, assim como Luna. Eu ainda não a conhecera. Ursula me disse que a filha estava dormindo no apartamento de um dos radiologistas do hospital porque tinha se inscrito para treinamento extra.

"Treinamento em transfusão de sangue", ela disse, seca.

Ursula ainda não tinha me perdoado por ter esquecido a lata de abacaxi.

Eu me sentia sozinho, mas Rainer era boa companhia. Ele me levava a livrarias e a peças de teatro e me apresentou a alguns de seus amigos rebeldes do grupo da igreja.

Certa noite, quando eu caminhava para casa da biblioteca, percebi que um homem me seguia. Alto e musculoso, ele caminhava do outro lado da rua, sempre acompanhando os meus passos. Obviamente, meus olhos oceânicos tinham sido informados às autoridades. Quando parei para comprar uma versão de cachorro-quente chamada *Ketwurst*, ele ficou me esperando ao lado de um poste de luz. De vez em quando, acendia um cigarro, dava duas baforadas e voltava a apagar. Vestia um casaco cinza pesado; o cabelo claro lhe caía sobre os ombros. Quando eu mancava, ele mancava. Quando eu parava para conferir o destino de um bonde, ele parava para olhar um buraco na calçada. Como eu tinha aprendido naquela primeira caminhada com Walter no dia em que cheguei, ele tinha paciência infinita. Seus olhos azul-claros estavam em cima de mim, isso era certeza, mas eu não considerava seu olhar sinistro. Se algo pudesse ser dito, ele estava acanhado e com vergonha de ter recebido ordens de me seguir. Não estava fazendo aquilo de corpo e alma. A certa altura, bati a bota no chão e disse "Magia" em voz alta, só para que soubesse que eu não o culpava por ele ser obrigado a seguir uma mosca insignificante como eu. Eu tinha decifrado a mensagem nos olhos dele no espelho e compreendi que ele não me achou feio.

Walter apareceu com menos discrição na biblioteca no fim da semana e pediu para conversarmos do lado de fora. Parece que ele agora tinha o fim de semana livre. Será que eu estava disponível para viajar com ele à datcha da família nos arredores da cidade?

Era temporada de cogumelos. Se tivéssemos sorte, poderíamos "colher" alguns para o jantar.

"Eu ficaria muito contente de ir, Walter."

Do nada, ele perguntou se eu tinha namorada em Londres.

"Bom, eu tinha", respondi. "Mas ela não me considera um pretendente sério."

"Ah, e por quê?"

"Não sei. Ela está mais concentrada na carreira."

"No que ela trabalha?"

"É estudante de arte."

"Que tipo de arte?"

"Fotografia."

"Que tipo de fotografia?"

Fiquei acanhado porque eu não sabia como falar sobre a arte de Jennifer e não queria dizer a ele que, até onde eu sabia, a maior parte das fotografias dela eram minhas. Essas eu também não entendia, tirando a que se intitulava *Saul em sua escrivaninha*. Eu ainda me lembrava do tom de reprovação de Walter quando Rainer lhe falou sobre a amiga da irmã cuja câmera havia sido confiscada e o filme exposto pelas autoridades.

Foi um momento bem estranho. Suponho que seu tom era velado porque ele na verdade não acreditava no valor das palavras que dizia. Jennifer acreditava no valor de suas fotografias, apesar de não acreditar no valor das minhas palavras quando envolviam qualquer coisa que estivesse relacionada a ela. Comecei a me perguntar o que era necessário para acreditar em qualquer coisa. Deus ou Paz ou Sociedade sem Classes? Talvez fosse necessário magia.

"E como está para caminhar?" Walter apontou na direção dos meus pés. "Continua mancando?"

Fechei os olhos e peguei nas pontas do cabelo, gesto que faço sempre que estou atordoado.

"Walter, se você está me seguindo por todo lado, já deve saber a resposta."

9

O mato ao lado da estrada na frente da datcha tinha sido cortado e embalado em feixes. Walter me disse que planejava doar os feixes para o fazendeiro para que os adicionasse à ração dos animais. Chovia forte enquanto caminhávamos pelo seu lote. Ele queria me mostrar os legumes e as verduras que tinha plantado, principalmente os repolhos e as batatas. "Dá para colher muita batata plantando batata." Walter parecia feliz com a chuva porque tinha instalado um telhado novo fazia pouco tempo na datcha. Tantas marteladas tinham irritado um dos vizinhos que havia sido apresentador na televisão estatal, então ele esperava que tivesse valido a pena. O jeans e a camiseta dele estavam encharcados, assim como o cabelo, mas ele não quis dividir o meu guarda-chuva. Achei que fiquei parecendo muito inglês e nervoso com meu apego ao objeto, então joguei o guarda-chuva na grama e me posicionei mais perto de Walter enquanto a chuva caía com força. Ele queria que eu lhe falasse sobre o grafite do lado ocidental do Muro. Obviamente, ele nunca tinha visto — o que eu achava?

Eu não podia lhe dizer o que estava pensando, porque ele andava me seguindo da biblioteca até em casa. Em vez disso, contei que plantava três tipos de tomate na Grã-Bretanha.

"Plantei o tipo comum, o San Marzano e o grande, Costoluto Fiorentino."

"Que tipo de solo?" Walter ficou curioso. Ele não me enxergava como alguém que cultiva tomates, e eu também não.

"Plantei os tomates em Suffolk, um condado em East Anglia, na Inglaterra."

Ele não acreditou em mim, nem eu acreditei totalmente em mim mesmo. Eu tinha plantado três tipos de tomate em outro tempo. Alguém tinha plantado os tomates comigo no solo futuro de East Anglia. O cabelo dele é branco e ele usa preso num coque no alto da cabeça. Suas unhas estão roídas. Estamos ajoelhados na terra, os dedos dele nas minhas costas, massageando minha coluna enquanto me diz que deveríamos plantar as macieiras antes que chovesse e o terreno ficasse alagado.

A chuva parecia incentivar Walter a falar. Ele me disse que estava pensando em começar um apiário.

"Como você vai fazer isso?"

Começaria com apenas uma ou duas colmeias e as colocaria onde há néctar, perto do pólen de plantas em flor. Teria que haver sombra e sol, mas nada de vento.

"Minha irmã tem receio. Ela é muito propensa a gritar quando uma abelha pousa em seu braço. Ela é enfermeira e sempre está pronta, com sua pinça, para extrair o ferrão."

"Talvez você devesse ter um gato em vez disso?"

"Ugh." Ele balançou a cabeça. "Nem fale em gatos. Luna tem fobia de gatos."

De vez em quando ele se abaixava para arrancar uma folha morta de uma planta.

"Até agora, ficamos falando de batatas e repolhos, abelhas e gatos e tomates", ele disse. "Então, agora vamos conversar baixinho na chuva sobre as cinzas na sua caixa de fósforos. Quer enterrar seu pai no meu jardim?"

"Quero."

"Pode enterrar."

Fiquei parado ali na chuva, incapaz de me mover. Não conseguia me obrigar a enterrar meu pai. De repente me senti tonto e enjoado. Ergui a cabeça para o céu e abri a boca para a chuva. Como se fosse um opiáceo, quem sabe morfina, como se aquilo pudesse entorpecer alguma espécie de sofrimento oculto. Walter pegou o guarda-chuva que eu tinha jogado na grama.

Acho que ele estava tentando dizer que estava com pena de mim.

Quando a tempestade passou, Walter me levou para colher cogumelos no bosque. Por algum motivo, ele usava um chapeuzinho de aba curta de feltro. Não lhe caía bem, mas ele parecia muito apegado ao chapéu. Walter sabia onde os cogumelos estariam explodindo do solo.

"Eles têm sistemas de raízes profundas no subsolo e gostam da chuva, então, quando vemos um mostrar a cabeça acima do solo, precisamos primeiro identificar se é venenoso."

Ele me disse que estava usando o chapéu para poder entrar embaixo dos galhos das árvores que criavam sombra para os cogumelos. Ele queria me ensinar tudo a respeito de cogumelos. Ao falar, às vezes pegava no meu braço para enfatizar algo enquanto íamos nos embrenhando cada vez mais na floresta.

"Tem gente que acampa aqui e às vezes fica doente ou até morre por comer os cogumelos letais." Parecia que havia por ali um homem interessante, que cuidava da farmácia local. Ele era capaz de identificar todos os cogumelos e oferecia esse serviço de identificação profissionalmente. Eu tinha arregaçado as mangas da camisa, mas Walter me disse para cobrir os braços porque os carrapatos estavam sedentos de sangue. Os cogumelos menores eram mais gostosos do que os grandes, então era o que estávamos procurando. Se geasse, seria o fim da temporada, mas parecia que estávamos com sorte porque ainda estava quente.

Agora estávamos os dois agachados sobre um monte de cogumelos.

"Este aqui provavelmente é venenoso." Ele virou o cogumelo com um graveto, nós dois escondidos embaixo dos galhos pesados de uma árvore alta encharcada. Walter se inclinou para a frente para examiná-lo com mais atenção, e isso significava que nossas cabeças se tocavam. A chuva escorria pelas nossas faces. E então ele me deu um beijo na boca. Como não me afastei, nós dois ainda agachados sobre os cogumelos venenosos, ele mordeu meu lábio inferior com suavidade, depois com mais força. O segundo beijo foi menos educado, seus dedos percorriam minhas bochechas e sobrancelhas. A terra molhada e o barulho de animaizinhos e o cheiro almiscarado dos cogumelos e o gosto dele eram o tipo de vida que eu queria. Eu estava eletrificado por Walter Müller. Quando nos afastamos, ele disse em alemão: "Este aqui é uma beleza", mas eu não sabia se ele estava se referindo ao cogumelo ou a mim.

Quando a luz do dia foi embora naquela noite, fechamos a cortina da datcha. Nossas roupas ainda estavam molhadas; tínhamos bebido aguardente e quase acabado com a garrafa. Nós dois estávamos bêbados.

"Quando vi você pela primeira vez, Saul, na estação em Friedrichstraße, você parecia um anjo, lábios carnudos, maçãs do rosto altas, olhos azuis, corpo clássico igual ao de uma estátua; mas daí descobri que suas asas estavam feridas. Eu tive que carregar a sua bolsa e você se tornou humano."

Tinha voltado a chover. Dava para escutar a água escorrendo do telhado.

"Eu estava me esforçando muito para ser um homem que você pudesse respeitar", respondi.

"E quando chegamos em casa, você disse qualquer coisa que lhe veio à cabeça."

Ele estava falando em alemão e eu estava bêbado demais para entender tudo o que dizia, mas então ele mudou de assunto, sem aviso prévio, com o tom autoritário retornando feito um espectro que estava à espreita dentro dele. Perguntou se eu queria sua ajuda para traduzir a palestra que eu faria na segunda-feira para os alunos de um programa de intercâmbio cultural. Não, eu lhe disse, era bem simples. Ele olhou para mim de um jeito e concordei, sem falar nada, com algo que eu tinha compreendido quando trocamos olhares no espelho do apartamento da sua mãe. Eu disse sim com os olhos e estendi a mão (mais uma vez) para puxá-lo mais para perto. Talvez eu estivesse me tornando mais o gato e menos o rato. Senti sua força física quando estávamos deitados no chão. O desejo dele era igual a uma lamparina, uma lamparina antiga com pavio e parafina, fumegando, bruxuleando, seu corpo maior do que o meu, suas coxas mais duras, sua pele pálida, tão pálida. Eu era bronzeado em comparação com Walter Müller.

Quando ele tirou o jeans, de fato se levantou para dobrar a calça e colocá-la em uma cadeira. Não voltou a caminhar até mim, só ficou lá parado do lado da cadeira, e isso me forçou a andar em sua direção. Fiquei apavorado porque era a prova de que eu o desejava. Queria aquilo tanto quanto ele, mas ele ficava me dando oportunidade para cair fora. Não sei por que fez isso. Estava me atiçando, mas o atiçamento era algo do tipo: sim, é sua escolha fazer isso, você também quer.

Depois, quando estávamos deitados de barriga para cima no chão, seu braço por cima do meu peito, percebi que a temperatura tinha caído. De repente tinha ficado muito frio. Ele perguntou sobre o hematoma na minha coxa, que era do tamanho de um pires. Quando expliquei que era da quase colisão na Abbey Road, ele deu um beijo no hematoma e depois beijou minha boca, que não estava machucada. Dava para escutar as batidas frenéticas do meu próprio coração nos ouvidos.

"Walter, preciso perguntar uma coisa para você."
"Pode perguntar."

A chuva agora caía pesada. O som da água em todo o lugar.
"Se tivéssemos sido amigos antes, digamos, em 1941, eu teria que pedir para você me esconder."
"Sim."
"Você teria me ajudado?"
"Sem dúvida. Não tenha a menor dúvida."
"E se estivéssemos na escola juntos e você descobrisse que eu estava proibido de nadar com você nas piscinas públicas? Ainda assim, você seria meu amigo?"
"Mais do que isso, Saul. Eu teria feito todo o possível para salvar você."

As perguntas que eu fazia a Walter não eram justas. Eu compreendia que eram perguntas tabus, mas o que eu deveria fazer com essas perguntas?

Eu teria feito todo o possível para salvar você.

Acreditei nas palavras de Walter Müller. Elas se expressavam para mim em som. Igual a uma máquina de escrever batucando na minha cabeça.

Ainda assim, você seria meu amigo?
Mais do que isso, Saul. Eu teria feito todo o possível para salvar você.

Ao mesmo tempo, eu sabia que ele estava me seguindo quando visitei a embaixada britânica para tomar uma xícara de chá britânico e ler os jornais. Eu o tinha visto fumando do lado de fora do prédio toda vez que estive lá. Sabia que ele não estava fazendo aquilo de corpo e alma, mas tinha que se salvar.

Walter parecia não ter a menor vergonha do corpo nu. Caminhou pela cozinha e preparou um café. Não tinha leite, não tinha açúcar, mas ele tinha comprado um pouco de carne que planejava cozinhar com maçãs azedas e batatas assim que a bebedeira passasse. Estava frio, apesar da notícia de Ursula sobre os jovens de Leipzig se refrescando na fonte. Walter só era alguns anos mais velho do que eu, mas parecia muito mais velho. Protetor em relação à mãe e à irmã. Mais domesticado. Mais gentil. Bom com jardinagem, culinária e instalação de telhado. Joguei um cobertor em cima dos ombros. Enquanto procurava o açúcar, perguntou mais uma vez sobre o meu pai falecido, evitando o assunto da caixa de fósforos com sua colher de chá de cinzas desamparadas.

"Meu pai criou a mim e a meu irmão no espírito do socialismo e da paz. Deveríamos ter princípios altíssimos e nunca explorar ninguém para ficarmos mais ricos. Ele era um internacionalista, não um nacionalista, tinha declarado sua solidariedade aos trabalhadores do mundo todo. Apesar disso, acho que ele queria me expurgar da família."

Eu agora tremia embaixo do cobertor.

"Na opinião dele, eu estava sempre sendo julgado."

Em resposta, Walter apontou para meu colar de pérolas.

"Imagino que pertenceu à sua mãe?"

"Pertenceu, sim."

Contei a ele que, quando ela morreu, pedi o colar ao meu pai. Pérolas absorvem o calor do corpo e se tornam parte dele. Nunca tinha pensado muito na questão de que uma pérola pertencia a um gênero. Se eu tivesse que ir para a guerra, teria de tirar minhas pérolas, então obviamente eu era totalmente a favor da paz mundial.

Walter me disse que seus pais eram divorciados, e o pai era administrador de sindicato. Eles até que se davam bem, mas ele era mais próximo de Ursula, que era "mais feliz na cabeça". Ele me disse para ser discreto em relação ao nosso fim de semana na datcha. Ele era considerado por sua universidade como confiável do ponto de vista político e tinha altas qualificações. Ainda assim, poderia ser demitido do emprego se achassem que sua sexualidade de algum modo ameaçava desestabilizar o regime.

"Compreendo."

"Já em relação a enterrar as cinzas do seu pai no meu jardim, vai ter que consultar a minha irmã. A datcha é tão dela quanto minha."

"Eu gostaria de me encontrar com você de novo, Walter."

"Sim?"

"Sim."

Toda essa concordância era a mesma coisa que ele começando e parando quando estávamos gemendo e ofegando no chão.

Sim?
Sim.
Sim?

Talvez a Stasi estivesse certa em passar o lápis sobre as letras das músicas pop.

Yeah yeah yeah. Qual poderia ser o significado disso?

Eu ainda tremia embaixo do cobertor.

"Vocês ingleses não gostam de ficar nus." Walter agora descascava três batatas minúsculas e retorcidas com atenção intensa. "Mas eu vou levar você para nadar em um dos nossos melhores lagos, e você vai ficar nu para nadar porque não é higiênico usar roupas na água."

Pedi a ele para me falar de Luna. Onde ela estava e por que eu ainda não a tinha conhecido?

"Ah, você vai conhecer Luna!" Ele começou a dar risada, como sempre fazia quando falava da irmã. Parecia que ela se recusava a ficar na datcha sozinha. Era insone, uma pessoa noturna. E tinha muitos medos. Na maior parte relacionados a animais. O primeiro medo, mas não o mais forte, era dos lobos que tinham migrado do Oeste da Polônia e às vezes vagavam pelo interior à procura de ovelhas. Havia bons motivos, ele disse, para os lobos uivarem para a lua. Erguer a cabeça ajuda a levar o som mais longe. O uivo deles é uma forma de comunicação de longa distância e transmite todo tipo de informação. Luna não tinha medo de que um lobo a deixasse aleijada, tinha pavor do jeito como ele erguia a cabeça.

A carne que ele comprou para o nosso jantar acabou sendo fígado. Observei quando ele lavou os nervos e tendões embaixo da torneira. Há tendões no fígado?
"Eu gosto de cozinhar. Katrin também."
"Quem é Katrin?"
"Luna. Vou deixar os cogumelos para ela."
Quando me levantei com a xícara de café na mão e comecei a andar de um lado para outro na cozinha, tentando me aquecer, consegui tropeçar numa pilha de botas velhas no chão. A xícara caiu da minha mão e o café derramou no jeans que tinha sido dobrado e posto em cima da cadeira. Walter largou o fígado e correu para a cadeira, pegou o jeans e o levou bem rapidinho até a pia. Molhou um pano e começou a esfregar a mancha preta no denim. Ele berrava: "Porra, porra, porra". Percebi que o jeans era Wrangler, difícil de conseguir na RDA, e que ele devia ter vestido especialmente para mim.

Fiquei morrendo de vergonha. Não sabia o que fazer.
"Pode ficar com o meu jeans, Walter. Você é maior do que eu, mas vai servir."

Depois, bem mais tarde, quando o sol estava nascendo e nós estávamos deitados na cama, ele disse: "Certo, obrigado pelo jeans. Aceito".

De uma pequena maneira, senti que o tinha recompensado por ter me esquecido de trazer a lata de abacaxi. Ele sugeriu que eu passasse o fim de semana seguinte com Luna aqui na datcha, porque ela tinha medo de ficar sozinha. Sua irmã havia prometido tomar conta do vizinho idoso que não estava passando bem, mas tinha medo do jaguar.

"Achei que ela tinha medo dos lobos, não?"
"É. E do jaguar."
"Quer dizer um jaguar igual a um leopardo?"
"É." Ele estava deitado de lado, fumando um cigarro e dando risada mais uma vez.

Parece que um jaguar negro tinha sido avistado perto da datcha alguns anos antes. Ninguém sabia de onde viera. Saíram fotografias em todos os jornais. Era um mistério, porque jaguares geralmente são da América do Sul ou do Arizona. O bicho gostava de subir em árvores e dar o bote nas presas, por isso Luna não passava embaixo de árvores. Walter continuava dando risada.

"Mas, mais do que tudo", ele disse, "os jaguares gostam de água."

Parece que esse jaguar da Alemanha Oriental também tinha sido visto caçando peixes num lago. Pensava-se que era um jaguar fêmea e que estava grávida. Então alguém mais escreveu para o jornal para dizer que bebês jaguares tinham sido avistados em uma floresta próxima ao lago.

Enquanto Walter discorria longamente a respeito de jaguares, eu olhava para um calendário pregado na parede de madeira da datcha, comemorando o décimo aniversário do primeiro voo espacial conjunto da União Soviética e da Alemanha Oriental.

"Sabe, Walter, acho que eu vi esse jaguar."
"Então, você é louco igual a Luna? Onde foi que você viu?"
"É prateado", eu disse. "Não é preto."
"Você viu o jaguar aqui ou perto da universidade?"
"Não sei."

Ele apagou o cigarro em uma lata de sardinha velha.

"Quando você conhecer minha irmã, é melhor dizer a ela que somos apenas amigos. Tudo bem pra você?"

"Tudo bem pra mim."

Ele apontou para um par de sapatilhas de balé rosa-claro jogado embaixo da mesa.

"São da Luna. Às vezes, quando ela não consegue dormir, dança à noite para se acalmar."

Depois que limpamos a datcha e trancamos a porta da frente, vi um Wartburg branco estacionado em frente ao lote de Walter. Dois homens estavam sentados dentro dele, fumando e conversando. Walter pareceu não reparar nos homens dentro do carro quando sussurrei que eles estavam ali. Ele e eu passamos por um momento estranho ali à porta. Eu disse: "Pare de datilografar, Walter", e ele respondeu: "Você é louco de verdade, Saul", mas quando colocou as chaves no bolso, vi seus olhos se desviarem na direção do Wartburg que parecia não estar lá.

10

Quando finalmente conheci Luna, ela estava de cabeça para baixo.

Estava escovando o cabelo comprido em repetições sem fim perto do forno de cerâmica no apartamento e lendo um livro ao mesmo tempo. Não dava para ver seu rosto porque ela tinha inclinado a cabeça para o chão, com o cabelo loiro-claro encostando no tapete. Ela lia *Uivo*, do poeta Allen Ginsberg. Perguntei como tinha conseguido aquele exemplar.

"Rainer, claro."

Primeiro fiquei achando que ela tinha a língua presa, mas depois me disse que estava com um pedacinho de chocolate embaixo da língua e falar demais estragaria o prazer. Sua tia do lado ocidental havia mandado um pacote de aniversário, e ela estava tentando fazer o chocolate durar. Tinha em torno de vinte e cinco anos e era mignon, bem diferente do irmão mais velho, musculoso. Quando voltou a jogar a cabeça para cima, seu cabelo loiro-claro, da cor de uma nuvem, estava elétrico de tanta escovação. Caiu até sua cintura fina. Quando finalmente olhou para mim, fiquei com a impressão de que ela tinha demorado de propósito, como se estivesse se preparando para olhar algo doloroso, ou emocionante, ou apavorante. Seus olhos eram verde-claros, a pele, luminosa. Os traços de Walter não eram tão definidos quanto os de Luna. Parecia que o rosto dele ainda estava se transformando no rosto dele, como se ele não fosse exatamente ele mesmo, algo que me atraía muito.

Assim como a maneira como olhava para mim o tempo todo. Ele não conseguia desgrudar os olhos de mim, e isso, confesso, eu achava cativante. Com Luna era o contrário: ela não suportava olhar para mim. Apertou minha mão num gesto formal e perguntou se eu tinha aproveitado o fim de semana na datcha com seu irmão.

"Aproveitei, sim, obrigado. Colhemos cogumelos e tomamos uma bebida forte. Foi um intervalo de descanso da minha pesquisa."

"Você está usando o jeans dele", ela disse. "É grande demais para você."

"É. Eu dei minha calça Wrangler para ele."

Os olhos verdes de Luna pareciam espelhos. Eu conseguia me ver sorrindo em seus dois olhos, como se tivesse me tornado um eu duplo, o que em certo sentido estava correto. Estava aprendendo a ser eu mesmo na RDA.

"Por que você fez essa troca? Wrangler por Wrangler?"

"Eu derramei café no jeans dele."

Ela deu risada e ergueu os braços como se estivesse fazendo uma posição de balé. Seus braços erguidos formavam um O no ar.

Ao mesmo tempo, ela chupava o pedacinho de chocolate que derretia embaixo da língua.

"Você devia ter dado para mim. Eu sou mais magra do que ele e você também é. O jeans dele está caindo do seu quadril. Você só trouxe uma calça jeans?"

Eu tinha trazido um terno improvável e duas gravatas para Berlim Oriental, além de duas calças jeans. Eu usava o terno com gravata para ir à biblioteca e para dar minha palestra aos alunos do programa de intercâmbio cultural. Em casa, em Londres, eu obviamente tinha muitas calças jeans, mas estava gostando de me tornar menos o homem do Ocidente, o que meu jeans alardeava para todo mundo aqui. No entanto, a pergunta de Luna a respeito das coisas que eu podia ter trazido das lojas bem providas de Londres me deixou sem jeito.

Parecia que ela estava esperando que eu lhe desse algo. E, na verdade, era o que eu estava para fazer.

"Espere um pouco, Luna. Tenho um presente para você."

Remexi na minha bolsa de lona cinza a tiracolo e peguei o envelope que Jennifer tinha me mandado com as fotografias da Abbey Road dentro. Havia três delas, e eu fiz uma pausa enquanto escolhia a que queria dar a Luna.

No final, entreguei a ela a fotografia em que estava atravessando a rua descalço, com as mãos nos bolsos do terno branco da Marinha da Laurence Corner.

"Desculpe por não ser os Beatles de verdade", eu disse.

Ela a segurou com cuidado entre as mãos e ficou olhando durante muito tempo.

"Preciso ir a Liverpool", ela sussurrou, por fim, para a fotografia. As pontas do seu cabelo elétrico caíam sobre as listras preto e branco da faixa de pedestre.

"Eu sei que vou conseguir trabalho em um hospital. Vou ganhar dinheiro para jantar peixe em Penny Lane, igual à música."

Ela levou a fotografia até os lábios e deu um beijo nela.

"Obrigada, Saul." Apontou para o meu terno branco da Laurence Corner.

"O que é isso?"

Eu estava parado atrás dela, olhando por cima do seu ombro para a fotografia.

Ela apontava para as três manchinhas pequenas nos bolsos do paletó.

"Acho que é sangue."

"Foi o que eu pensei também", ela disse.

Contei a ela sobre quase ter sido atropelado no dia em que posei para aquela fotografia, que tinha caído na faixa usando as mãos para me proteger e que o nó do meu dedo cortado não parava de sangrar.

"Quem tirou a foto? É ótima. É uma foto muito boa, de verdade."

"Foi minha namorada quem tirou."

"Como ela se chama?"

"Na verdade, é minha ex-namorada."

"Mas ela continua tendo nome." Os dentes de Luna eram tortos e encavalados, à exceção da abertura entre os dois da frente.

"Jennifer."

"Então, o que deu errado?"

"Não sei. Para ser sincero, não entendo o que deu errado."

"Ela não reparou que o seu paletó estava manchado de sangue?"

Dei de ombros. Por algum motivo, eu não queria lhe contar que Jennifer e eu tínhamos ido para o apartamento dela e transado, e que ela não tinha comentado nada sobre o meu terno branco porque estávamos mais interessados em tirar a roupa.

"Está triste por ter perdido a namorada?" Luna caminhou até a outra ponta da sala, ainda segurando a fotografia.

Era uma pergunta que eu não tinha feito a mim mesmo diretamente. Nem mesmo em inglês. Agora eu era obrigado a responder em alemão. Será que eu estava triste por ter perdido Jennifer? Como eu podia saber se estava triste?

De certo modo, foi um alívio. Ainda assim, eu tinha proposto a ela casamento, que deixasse as amigas e empacotasse suas coisas, mudasse de endereço e redirecionasse sua correspondência e fosse morar comigo. Tinha pedido a ela que levasse o plano em consideração e, três segundos depois, ela me deu o fora. Assim, portanto, raciocinei, se eu queria que ela largasse a vida com as amigas e também a adorada sauna que era o presente exótico grátis que vinha com o apartamento na Hamilton Terrace, que levasse embora suas roupas e sapatos, seu bule de chá e as panelas e as câmeras e todo o aparato do seu trabalho, eu devia estar triste por termos nos separado.

Por que ela tinha afirmado que estava tudo acabado entre nós? Era como se Jennifer tivesse me castigado por um crime inconsciente que ela sabia que eu queria cometer e tinha colocado fim no nosso relacionamento porque ia terminar de qualquer jeito. Tinha me dado o fora uma vez, antes do meu pedido de casamento. Naquela ocasião, seus dedos estavam cobertos de tinta a óleo. Tínhamos combinado de nos encontrar na livraria Foyles na Charing Cross Road, que era vizinha à sua faculdade de arte. Quando ergui os braços para lhe dar um abraço, ela me deu um empurrão no peito e bateu com as mãos na minha camisa branca, que ficou manchada de tinta cor de laranja. "Não é laranja", ela disse, "chama amarelo profundo permanente." Só fazia três meses que eu a conhecia naquela época. O que me incomodava em Jennifer Moreau era que ela só tinha vinte e poucos anos, mas possuía uma noção de objetivo que eu mesmo não possuía. Aquilo lhe dava confiança até quando ela não sabia o que estava fazendo. Ela tinha me dito com uma certeza tremenda que ia lavar os pincéis pela última vez e adotar a câmera em lugar da pintura. O que eu tinha feito assim de tão ruim? Por acaso era para eu ficar de luto por causa da perda dos seus pincéis? Na noite anterior, eu tinha dançado num clube com uma de suas amigas. Não tinha acontecido nada entre nós, eu só tinha colocado as mãos na cintura de Claudia. "Não", Jennifer tinha dito, "suas mãos estavam embaixo da camisa dela, na cintura." Fiquei me perguntando se eu não devia ter reparado que Claudia tinha corpo quando dançamos juntos. Reparei que vários universitários estavam interessados em Jennifer, mas como poderiam não se encantar com a beleza dela? Quando eu disse que ela se parecia com Lee Miller, a fotógrafa americana, Jennifer respondeu: "Isso não quer dizer nada".

Luna continuava esperando minha resposta. Ela olhava para a fotografia, a trazia para perto do rosto e depois afastava.

"Estou", respondi. "Estou triste."

Por intuição, achei que Luna ficaria com uma opinião melhor a meu respeito se eu estivesse triste. Toquei nas pontas do cabelo e fechei os olhos.

"Está tudo bem com você, Saul?"

"Está."

Estava tudo bem comigo?

Qual seria a resposta verdadeira a essa pergunta? Sim e Não. O Sim e o Não existindo em paralelo, igual às listras pretas e brancas da faixa de pedestre da Abbey Road. Mas e se o Não fosse maior do que o Sim? Muito maior? E daí eu tivesse atravessado a rua?

Abri os olhos.

Eu ainda não havia dito a Luna que tinha me esquecido de trazer a lata de abacaxi e temia o momento em que teria de confessar. E eu estava sentindo falta de Walter. Pela primeira vez, fiquei imaginando se ele tinha um amante. Por que ele não teria um amante? Ursula havia me dito que Walter viria ao apartamento naquela noite. Ele tinha prometido consertar um vazamento no apartamento do vizinho acima do dela e reclamado que teria de mover uma mesa pesada para colocar embaixo do vazamento. A escada estava quebrada, então ele teria que ficar em pé em cima da mesa para alcançar o teto. Eu sentia falta de Walter. Sentia falta de Jennifer. Também sentia falta de escrever a dissertação que eu tinha começado em Londres sobre a psicologia dos tiranos, a começar pela maneira como Stálin flertava jogando bolinhas de pão nas mulheres que desejava. Sabia que nem devia pensar sobre essa dissertação aqui, que isso seria um crime intelectual, apesar de eu achar que poderia conversar com Rainer a respeito do assunto. Eu estava desesperado para não ficar sozinho com Luna, principalmente por causa da lata de abacaxi. Onde estava Ursula? Ela estava demorando mais do que o normal para voltar do trabalho para casa.

Luna ainda estava interessada no número de calças jeans que eu tinha levado a Berlim Oriental. Ela foi tão persistente que, no fim, acabei pegando a única calça Levis que eu tinha trazido e a levei do quarto até ela como quem entrega um troféu.

"Ah, obrigada, Saul!" Ela ficou contente e animada.

Eu ia ter que passar o resto do meu tempo na RDA usando o terno improvável ou a Wrangler manchada de Walter.

"Vou experimentar", ela disse e abriu o zíper da saia. Com ela ali parada de calcinha, vestindo o jeans, virei de costas e me sentei na mesinha ao lado da luminária. Abri meu livro e comecei a fazer anotações na margem.

"Você tem um cinto, Saul?"

Eu disse a ela que só tinha trazido um cinto.

"Tem outra calça em tamanho menor?"

Eu disse a ela que não tinha.

Quando sua mãe voltou do trabalho, as duas começaram a cochichar. Alguém mais devia ter entrado com ela, porque eu escutava panelas batendo na cozinha. Ursula estava sendo instada a dar sua opinião a respeito do jeans. Depois de um tempo, reparei em um vestido azul pendurado em um gancho na parede e também, preso ao gancho, um estetoscópio. Ursula apontou para o trenzinho de madeira que Walter estava tentando consertar. Estava encarapitado em cima de sua bolsa.

"É bem-feitinho, não é?"

Eu me sentia entediado e irritado enquanto tentava ler a tabela.

"Está trabalhando agora, Saul?"

Assenti e me voltei mais uma vez para o meu livro.

"O que você está escrevendo nas páginas?"

"Estou fazendo anotações relativas às condições econômicas e sociais que levaram à segunda Revolução Russa em outubro de 1917."

"Pode fumar, se quiser. Temos três cinzeiros no apartamento. Aliás, acho que a Revolução de Outubro aconteceu em novembro."

Ela pegou a mão de Luna e as duas desapareceram dentro do banheiro. Dava para escutar as duas conversando sobre a calça Levis e qual seria a melhor alteração a se fazer para que pudesse servir na pequenina Luna, para que ela pudesse vesti-la todos os meses do ano.

De vez em quando eu dava uma olhada no calendário com a pin-up, a fotografia colorida da mulher usando biquíni dourado. A presença dela era uma interrupção estranha na sala, com aquelas unhas douradas e aqueles cílios postiços, com sua interpretação de um sorriso e falsa postura erótica. Ela parecia cansada e forçada. Eu não conseguia entender a graça que aquele calendário poderia ter para as duas mulheres que moravam ali, uma mãe e uma filha. Ocorreu-me que, se houvesse um aparelho de escuta nessa sala, estaria escondido atrás daquele calendário e não do espelho, como eu tinha pensado antes. Eu ainda escutava as panelas que batiam na cozinha. Ao mesmo tempo, Ursula e Luna conversavam alto no banheiro.

Havia um homem na cozinha. Parecia estar tentando pegar algo na prateleira mais alta. A camiseta dele tinha se separado do cinto no jeans. Vi suas costas nuas e percebi que era Walter. Naquele momento, Luna e Ursula voltaram para a sala de estar. Luna começou a desfilar de um lado para outro no tapete com o meu jeans, que tinha sido apertado na cintura com alfinetes de fralda. Estremeci. O mesmo tipo de estremecimento de quando um estetoscópio frio é posto sobre a pele quente. Ouvi o som de fósforos sendo acesos na cozinha, e o homem, que com certeza era Walter, resmungar: "Ah, merda". O cabelo ruivo tingido de Ursula tinha sido enrolado e ela vestia uma saia rodada de bolinhas. Quando me viu olhando para ela, sorriu.

"Você só me viu usando roupa de trabalho."

"Verdade."

"Você não me perguntou onde eu trabalho."

"Onde você trabalha, Ursula?"

"Em uma fábrica. Faço anzóis de pesca. Hoje é o aniversário de Luna. Ela está fazendo vinte e seis anos."

Ursula levou dois dedos à boca e assobiou bem alto. Walter saiu da cozinha com um bolo de aniversário nas mãos. Estava coroado com velinhas rosa-claro, uma infinidade de pequenas chamas. Ele começou a cantar "Parabéns a você" e Ursula fez coro.

Eles tinham criado uma harmonia para o último "parabéns a você", depois disso Luna soprou as velinhas e começou a tirá-las do bolo. Estava agindo como uma pessoa muito mais nova do que os seus recentes vinte e seis anos, largando cada uma das velinhas no chão ao estender a mão para a próxima. A mãe e o irmão deram risadas indulgentes. Agora que o bolo estava desprovido das velinhas, ela o examinou de todos os ângulos. O bolo era rodeado de pêssegos. Pêssegos enlatados. Ela pegou a faca da mão de Walter e, com energia feral, cortou, largou a faca no chão, pegou uma fatia de bolo e enfiou inteira na boca. Seu rosto ficou sujo de creme e pedacinhos de pêssego, então ela abriu a boca e cuspiu o bolo. Talvez até tenha uivado.

Eu a ouvi berrar a palavra *ananas*, que é abacaxi em alemão. Ela se desmanchou em lágrimas.

"Pêssego tem gosto de sabão."

Luna não saiu exatamente correndo da sala, mas disparou para fora dela, ainda chorando, então bateu a porta. Walter ficou lá abandonado com o bolo de pêssego nas mãos. Ursula se abaixou para recolher as velinhas do chão. Eu não sabia onde me enfiar. Não tinha para onde fugir porque o meu quarto ficava bem ao lado do de Luna. Walter olhava para mim. Bem no fundo dos meus olhos. Ele estava sempre olhando para mim e acho que era capaz de enxergar tudo que era bom e ruim e triste em mim. Jennifer também estava sempre olhando para mim, mas não sei o que ela enxergava porque sempre existia a lente de sua câmera entre nós. Walter dava risada, como sempre. Quando Ursula se levantou, também estava dando risada.

"Essa é a nossa Luna." Ela lançou um olhar levemente coquete para mim enquanto acendia um cigarro.

"Luna é abreviação de Lunática."

Dessa vez eu dei risada.

"Quer uma cerveja, Saul?" Walter pousou o bolo maligno na mesa e apoiou o braço nos ombros da mãe.

"É", Ursula disse, "acho que todos precisamos de uma cerveja."

Dava para escutar Luna chorando no quarto.

Mais tarde, naquela mesma noite, depois que Walter tinha ido embora, vi Luna parada no banheiro, tristonha, olhando para si mesma no espelho em cima da pia.

"Sinto muito. Eu estraguei o seu aniversário, Luna?"

"Sim e não." Ela abriu a torneira e fechou a porta com o pé. Dois segundos depois, voltou a abrir.

"Não estou chorando por causa do abacaxi. Estou chorando porque Rainer recebeu um passaporte que lhe permite viajar para o Ocidente durante quatro dias por ano. Eu quero ver Penny Lane em Liverpool. E estou encalhada aqui."

Ela pegou um sabonete, jogou em mim e bateu a porta mais uma vez.

Daí abriu a porta.

"Me devolve o sabonete."
A cintura dela era minúscula, mas sua voz era enorme.

Passei a noite toda pensando em Walter. Quando eu saísse de Berlim Oriental e fosse para Berlim Ocidental, estaríamos separados por um muro. No entanto, se é que dava para acreditar em Luna, Rainer poderia atravessar aquele muro quatro vezes por ano. Eu sentia falta de Walter. Era um anseio físico de estar próximo do corpo dele. Eu não queria dormir nessa caminha de solteiro, queria dormir ao lado dele. Eu sentia que o conhecia melhor quando ele estava com os olhos fechados. Seus pensamentos podiam se mover com liberdade entre o céu e o horizonte, ele podia percorrer a terra sem restrições, nossas pernas enroscadas na escuridão da noite.

Fiquei lá deitado na minha cama de solteiro fria e escrevi uma carta para Walter na qual declarei meus sentimentos mais profundos por ele. Com muita emoção, busquei palavras, deitado sobre o lado do quadril que não estava machucado, apoiado no cotovelo. Descrevi como eu queria tocar seu corpo e como sempre quis ver o mar Báltico no inverno. Minha carta era um convite para que ele me acompanhasse na viagem. Ao mesmo tempo, eu ouvia a voz do meu pai falando comigo na RDA. Sua Voz de Mestre era alta e dura. Naquela noite, eu o derrubei no chão e montei sobre seu peito, com as mãos em seu pescoço. Fiquei apertando até ele parar de respirar e seu regime autoritário chegar ao fim.

II

Nem todos os lagos são iguais. Walter me explicou esse conceito enquanto caminhávamos pela floresta na direção da margem do lago que estava reservada para VIPs.

"Temos permissão para nadar aqui porque você é a nossa ponte entre o Oriente e o Ocidente e vai escrever um relatório a respeito do nosso milagre econômico."

Caminhávamos a passos coordenados, lado a lado, através de uma nuvem de mosquitos. Walter tinha recebido um bilhete de papel amarelo para entregar ao guarda que estava do lado de fora de uma guarita a meio caminho entre a estação de trem e a floresta. Eu não estava prestando atenção por causa do que tinha acontecido enquanto esperávamos o trem. Walter tinha me dito algo de grande importância. Não foi exatamente um sussurro. Ele tinha falado baixinho, perto do meu ouvido. Um sussurro sugere que um segredo está sendo transmitido e incentiva a curiosidade dos outros. Ele tinha me dito que me amava. Falou com muita simplicidade. Como se estivesse trazendo um saco de carvão mineral do porão.

Agora ele fazia o papel de guia turístico. Aparentemente, Erich Honecker tinha nadado nesse lago sob a proteção de seus seguranças pessoais. As mansões de veraneio na área ao redor pertenciam aos oficiais mais importantes do partido. Enquanto caminhávamos pela floresta, avistei uma ilhazinha de árvores no meio do lago. Walter confessou que às vezes era difícil falar inglês, por isso esperava fazer sentido quando falava comigo. Fiquei achando que ele queria que eu soubesse que ele tinha sido sincero com as palavras que me dissera baixinho em inglês na plataforma da estação de trem.

"Preciso falar em inglês de um jeito que não revele a minha personalidade", ele respondeu. "Toda tradução é assim. A personalidade do tradutor precisa se esconder."

"Está dizendo que você se esconde dentro de todas as línguas que traduz? Como se estivesse se escondendo em uma floresta?"

Ele deu de ombros. "Não é assim tão simples." E então deu risada.

"Você é peso leve, Saul. Recebi sua carta. Obrigado."

Ele tirou um cigarro do maço. Acendi para ele com o meu Zippo. Meus dedos tocaram de leve suas mãos, que protegiam o cigarro.

Walter estava mais elegante do que o normal. Tinha lavado o cabelo e feito a barba.

Fiquei imaginando se ele tinha realizado aquele esforço por mim, porque naquela manhã eu também tinha me barbeado com cuidado extra. Meu cabelo havia crescido enquanto eu estava no Leste. Agora passava dos ombros. Luna tinha me dado um elástico para eu fazer um rabo de cavalo. "Você parece uma moça com o cabelo solto." Ela mordia os lábios enquanto me observava experimentar usar rabo de cavalo, mas, depois de um tempo, desisti. Na verdade, doía tocar na minha cabeça. Eu tinha dor de cabeça quase todo dia. Quando lavei o cabelo naquela manhã, uma lembrança da minha mãe de repente surgiu na minha mente. Ela tinha recebido dois frascos de um xampu chamado Prell. Era grosso e verde, igual a um detergente. Tinha uma propaganda para esse xampu que ela sabia de cor.

"*Toque o cabelo. Feche os olhos. No que você está pensando agora?*" A ideia era que, se você tocasse no cabelo depois de lavar com Prell, isso faria com que você pensasse em seda. Toda vez que meu irmão e eu estávamos aborrecidos, ela dizia: "Toque o cabelo. Feche os olhos. No que você está pensando agora?". Na RDA, não era necessariamente prudente dizer o que você estava pensando. Mas acreditei que Walter tinha dito o que pensava na plataforma daquela estação de trem e que tinha sido minha carta declarando meus sentimentos mais profundos que o incentivara a falar sobre os próprios sentimentos.

Perguntei se ele tinha algum amante.

"De certo modo, tenho."

Comecei a compreender melhor a maneira como Walter falava em inglês e em alemão. Ele não falava com espontaneidade, certamente não as primeiras ideias que lhe vinham à mente. Talvez dissesse a terceira ideia que lhe vinha à mente. Não era questão de encontrar um fluxo, mas de encontrar um jeito de interromper o fluxo. Perguntei mais uma vez se ele tinha algum amante.

"Sim. Tenho um companheiro."

Dei um soco em seu braço e ele deu um soco no meu. Compreendemos o soco, mas não era assim que nosso corpo queria conversar um com o outro. Um soco? Não. Quando estávamos sozinhos na datcha, ele falou livremente com o corpo. E isso é algo que eu nunca fiz. Nunca tive uma conversa livre com o meu corpo. Silenciei meus amantes com o meu corpo e controlei o tipo de conversa que eles desejaram ter com seu próprio corpo. Nunca fui livre. Fingi ser mais carinhoso ou excitado do que me sentia, ou mais agressivo do que me sentia, e quando chegávamos perto de algo mais íntimo, eu me afastava, interrompia a conversa física. Mas, com Walter, eu era livre com meu corpo. Isso tinha a ver com a maneira como tínhamos conversado no primeiro dia, quando ele foi ao meu encontro na estação. Era verdade que minhas asas estavam feridas. Era verdade que eu não tinha ideia de como suportar estar vivo e tudo o que vem junto com isso. Responsabilidade. Amor. Sexo. Solidão. História. Eu sabia que ele não considerava minhas lágrimas uma coisa negativa. Isso era algo importante de se saber.

Era um dia quente. O cheiro dos pinheiros e o céu azul e Walter ao meu lado pareciam exacerbar meu tesão e minha tristeza e minha felicidade. O estranho era que essas palavras, tesão, tristeza, felicidade, eram as palavras de um título de um dos meus retratos feitos por Jennifer. Fiquei imaginando se eu não estava me transformando no homem que ela tinha visto por detrás da lente dela.

Eu disse bem baixinho para Walter: "Vou sentir sua falta quando eu for embora". Ele passou um tempo sem responder, mas então deu de ombros. "Fico feliz em lhe oferecer minha camaradagem." Ergueu a sobrancelha esquerda e olhou para a árvore. Uma pequena plataforma de madeira tinha sido construída em cima dos galhos. Um guarda uniformizado estava em pé sobre as tábuas, fumando um cigarro. Será que Walter estava sendo cauteloso ou estava apagando sua primeira ideia? Ele não tinha censurado sua primeira ideia quando tinha me tocado. Suas mãos tinham sido fluentes em todas as línguas; seus lábios, macios; seu corpo, rígido.

Agora percorríamos um caminho que dava a volta no lago. "E Jennifer? Sente falta dela?"

Foi um susto escutar o nome de Jennifer dito em voz alta naquela floresta, tão longe da minha antiga vida, apesar de eu estar pensando nela. Luna devia ter falado ao irmão da fotografia da Abbey Road.

"Jennifer é inteligente e ambiciosa." A maneira como eu disse essas palavras pareceu uma bronca, e fiquei levemente envergonhado.

Eu não podia dizer a Walter que, além de começar a sentir as palavras com as quais ela tinha intitulado um de seus retratos de seu assunto principal — eu —, havia novas imagens na minha mente que se assemelhavam às fotografias de Jennifer, imagens de outra geografia, outro tempo. Eu tinha certeza de que Jennifer ainda não tinha tirado aquelas fotografias que eu via como slides em um carrossel. Uma cerejeira em Massachusetts, Estados Unidos. Alguém parado embaixo da árvore. Aquela pessoa podia ser eu mesmo. Jennifer também estava lá. O cabelo dela tinha ficado branco. Alguém mais estava lá, mas a imagem estava desfocada.

"Às vezes sinto falta de Jennifer."

Tiramos a roupa e a deixamos à margem do lago verde límpido. Senti algo me tocar, como uma borboleta perto do meu pescoço. Walter tinha deslizado o dedo por baixo das minhas pérolas. Eu disse a ele que nunca tirava o colar, nem para nadar. Enquanto ia entrando na água, senti areia entre os dedos dos pés. Continuei caminhando. A areia continuava lá e agora a água batia no meu pescoço.

"Erga os pés, Saul."

"Estou evitando a tartaruga", respondi.

"Não tem tartaruga neste lago."

Acho que a tartaruga veio de outro lago, em outro momento, mas eu ainda relutava em erguer os pés do conforto da areia. Walter afundou a cabeça na água e eu acabei erguendo os pés. Nadamos passando pelas árvores altas em direção à ilha. Depois de uns vinte minutos, eu estava tremendo. A água era surpreendentemente fria. Walter acenava para alguém. Não havia ninguém ali. No entanto, ele tinha visto alguém que estava ali. A água calma e parada se agitou em uma leve espuma.

Walter gritou para o outro lado do lago em alemão: "Bom dia, Wolf".

Nadamos juntos na direção do homem invisível chamado Wolf.

O homem estava boiando de costas, chutando com as pernas, girando os braços. Abriu os olhos. Olhos castanho-escuros. Amendoados nos cantos. Ele não olhava para mim, mas eu olhava para ele porque já o tinha visto. Eu agora me esforçava para ficar na superfície, era fundo demais, mas eu tinha certeza que era o homem que quase tinha me atropelado na Abbey Road em Londres. Walter deu um tapinha no meu ombro.

"Wolf é o diretor da nossa universidade."

Wolf voltou a abrir os olhos castanhos amendoados por um instante. Estava olhando para Walter, não para mim. Havia algo naquele olhar que me fez pensar que ele era o amante de Walter. Como que para comprovar, Walter nadou para trás da cabeça do homem que boiava, pegou nos pulsos dele e esticou os braços de Wolf por trás da cabeça como se quisesse ajudá-lo a aprimorar as braçadas.

"É verdade", Wolf disse em alemão. "Estou mais rígido do que costumava ser." Voltou o olhar na minha direção.

"Nós alemães inventamos todos os grandes movimentos do século XX. A fenomenologia de Heidegger e Hegel, o comunismo de Marx e Engels. Então você vai ter que nos perdoar por termos os braços e as pernas um pouco rígidos — andamos ocupados."

Seus olhos escuros amendoados voltaram a se fechar, mas não antes de seu olhar ter se desviado por um momento para o colar de pérolas brancas que eu nunca tirava, nem para transar, nem para escrever dissertações, nem para dar aula aos meus alunos, nem para atravessar a rua.

Mas como Wolf podia ser a mesma pessoa que quase me atropelou? O homem na Abbey Road era inglês. *Quantos anos você tem, Soorl? Pode me dizer onde mora?*

Um peixe se agitou nos meus tornozelos.

"Será que já nos encontramos em Londres?", perguntei em alemão.

Os olhos amendoados de Wolf se abriram. Walter estava atrás dele, segurando sua cabeça na água.

"Não. Nunca estive em Londres."

Ele começou a bater as pernas e Walter soltou a cabeça dele.

Mais tarde, quando estávamos caminhando pela floresta de volta à estação, Walter apontou para um carro, um Trabant estacionado embaixo dos pinheiros.

"O diretor nos ofereceu uma carona de volta."

"Eu prefiro pegar o trem."

"Qual é o problema, Saul?"

"Tive algumas experiências ruins com carros e não sei como poderia ser melhor em um Trabi."

O guarda posicionado em sua plataforma de madeira na árvore agora olhava para nós dois. Sua expressão não era agressiva nem vigilante. Parecia estar sonhando acordado entre os pinheiros e abetos. Walter cutucou minhas costelas. Wolf caminhava na nossa direção com a toalha enrolada embaixo do braço.

Não tive escolha além de voltar para casa com Wolf e Walter. Eu me sentei no banco de trás e fingi dormir, mas tinha consciência de que Walter tinha colocado o braço em cima dos ombros de Wolf. Ele ergueu a cabeça para dar uma olhada em mim pelo retrovisor. Dirigia com uma mão só no volante. Fiquei olhando para o braço de Walter como se fosse um traidor.

Os lábios de Walter se moveram próximos da orelha cor-de-rosa de Wolf. Ele falava em alemão. Não era um sussurro, mas um tom monótono e baixinho.

"Ele não tem afiliações políticas. Nem vota."

A risada de Wolf era mais uma gargalhada. Sua voz tinha um tom monótono também.

"Seu anjo adormecido no banco de trás escreve cartas descuidadas a você."

"É", Walter respondeu. "Ele não se importa com a própria vida, então não se importa com a vida dos outros."

 Era verdade que os olhos de Walter estavam sobre mim o tempo todo, mas eu confiava nele porque suas mãos também estavam.

12

Dava para sentir que havia algo de errado com Jennifer e que ela queria entrar em contato comigo. Tentei ligar para ela três vezes na Grã-Bretanha. Nas duas primeiras, liguei para seu apartamento na Hamilton Terrace às seis da tarde do horário britânico. Claudia atendeu o telefone. Quando ouviu minha voz, desligou na minha cara. Na segunda vez, perguntou o que eu queria.

"Quero Jennifer."

"Bom, ela não quer você." O telefone ficou mudo.

Eu sabia que se Jennifer não me queria, Claudia queria, mas ela tinha que ser leal a Jennifer, que, de todo modo, não gostava muito de Claudia mesmo. Ela se ressentia da maneira como Claudia dava sinais do desejo por seu namorado. Eu seria capaz de viver sem o desejo de Claudia por mim, mas a vida é mais emocionante de se viver quando contém desejo.

Na vez seguinte liguei ao amanhecer, no horário da RDA. O telefone tocou durante muito tempo. Jennifer e as colegas de apartamento provavelmente estavam dormindo. Devia haver uma tigela de algas de molho na pia. Provavelmente uma panela de curry vegetariano da noite anterior no balcão. Garrafas de vinho vazias. Embalagens de chocolate. Talvez até as barrinhas que Claudia gostava de assar, misturando aveia com mel, ou às vezes com um xarope dourado grosso, geralmente com uvas-passas, mas nunca com nozes porque ela descobriu que eu não gosto. Por fim, Saanvi atendeu.

Ela pareceu feliz de ter notícias minhas, apesar de Jennifer aparentemente não estar em casa.

"Onde ela está?"

"Não sei. Ela não me deu a agenda."

"São sete da manhã no seu horário, Saanvi?"

"São."

"Então, quem mais está aí no apartamento com você?"

"Ei, Saul, você andou pegando umas dicas com a Stasi?"

Ouvi uma porta ranger e abrir na Hamilton Terrace. Eu conhecia muito bem aquela porta com a tranca quebrada, a porta do quarto de Jennifer que dava para a cozinha. Sempre abria sozinha. Eu tinha certeza que Jennifer tinha acabado de acordar e agora estava parada ao lado de Saanvi, por isso mudei de assunto.

"Como vão as coisas com o infinito?"

"Bem, obrigada."

"Você ainda está escrevendo a sua tese sobre Georg Cantor?"

"Estou. Ele tinha complexo de perseguição."

Alguém enchia um bule de chá com água. Dava para ouvir o papel farfalhando e Saanvi bocejando.

"Escute só isto, Saul. O matemático francês Henri Poincaré descreveu o trabalho de Georg Cantor como 'uma doença, um mal perverso do qual algum dia matemáticos serão curados'."

Parecia que ela estava lendo uma página de sua dissertação.

"Ele morreu em uma clínica psiquiátrica na Alemanha."

"Em que lugar da Alemanha, Saanvi?"

"Em Halle. Entre Berlim e Göttingen. Handel nasceu em Halle também. Assim como o poeta Heine. Você está perto de lá?"

"Não."

"Produzia sal no século X. Cantor estava trabalhando em um problema de continuidade logo antes de sua crise."

"Saanvi, Jennifer está bem?"

"Ela está ótima."

Ouvi um estalo alto e depois dois estalos mais baixos na linha de telefone enquanto ela falava. Ocorreu-me que minha ligação para a Grã-Bretanha estivesse sendo monitorada. Era provável que alguém estivesse escutando essa conversa sobre Georg Cantor e o infinito.
"Saanvi, você ainda está aí?"
"Estou."
"Por favor, diga a Jennifer para vir à RDA ver as conquistas por conta própria. Emprego total, moradia a preço justo, equivalência salarial para as mulheres, educação gratuita e serviços de saúde para todos. Estas são grandes conquistas e nunca devem ser apagadas da memória histórica."
O telefone ficou mudo. Saanvi provavelmente estava fazendo um chá para ela e para Jennifer enquanto dividia zero por três.

O som de uma máquina de escrever na minha cabeça era enlouquecedor. Eu ouvia as teclas batendo em uma folha de papel fina colocada no cilindro. Aquilo me enfurecia, por isso adicionei um crime intelectual aos meus pensamentos para que a máquina de escrever o registrasse. Certo, eu disse para a máquina de escrever, permita-me ajudá-la a completar seu relatório. A RDA vai perder a legitimidade junto a seu povo devido a medidas extremas de coerção por velhos autoritários. Homens como o meu pai que construíram um muro entre nós. O muro era a masculinidade dele. Pulei o muro e pousei com um baque, em segurança, do outro lado, depois de evitar os cachorros, as minas, os guardas, o arame farpado e tudo o mais que ele colocou no meu caminho para me manter sob seu jugo.

Meu pai estava sentado na cadeira perto do telefone.
"Você está morto", sussurrei.
Ele deu risada. "Ainda não."
Eu sentia cheiro de arenque enlatado em seu hálito.

13

Aceitei acompanhar Luna à datcha para passar o fim de semana.

Eu não queria ficar sozinho com ela durante um dia e uma noite inteira, mas depois de ter me esquecido de comprar a lata de abacaxi, achei que não podia recusar. Parecia que, apesar de Luna ter várias fobias, entre elas a pêssegos e jaguares, ela não se incomodava com sangue, porque trabalhava com sangue todos os dias no emprego. Era por isso que ela tinha reparado nas manchas de sangue no meu paletó branco na fotografia da Abbey Road. Enquanto eu preparava chá para mim e café para ela, Luna me deu uma aula a respeito de sangue. Aparentemente, a maneira como o sangue funciona é que, como um trem confiável, transporta todos os nutrientes e o oxigênio para as nossas células e então também transporta para longe todos os refugos das nossas células.

Dei uma olhada no saquinho de cogumelos que Walter e eu tínhamos colhido juntos. Não tinha muito cogumelo ali porque beijar se revelara um esporte mais agradável do que colher fungos. Ele tinha pendurado o saco em um gancho na parede.

"É certeza, Saul", Luna disse, "que você tem uns cinco litros de sangue no corpo e que as células brancas estarão lutando contra infecções. Se você doar apenas meio litro, isso pode salvar até três vidas."

Ela tinha trançado o cabelo comprido e prendido para cima, de modo que se ajeitava feito um rolo de serpentina no alto da cabeça, e ela estava muito contente com suas botas novas na altura da canela, com bico fino, ao estilo dos Beatles, dois números maiores do que seus pequenos pés. Foram o presente de aniversário de Rainer para ela. Foi terno receber uma aula a respeito do sangue de uma enfermeira que usava botas de imitação dos Beatles e o cabelo arrumado no estilo de uma *prima ballerina*. Ela tinha feito aulas de balé desde os quatro anos com uma bailarina russa que agora era velha, mas que antes tinha uma escola de balé em Moscou. Luna não gostava de chá. Eu tinha trazido saquinhos de chá para Berlim Oriental, mas vi reprovação na maneira como ela tomou um gole da minha xícara para experimentar "o chá inglês".

"Tem cheiro de urina de cavalo. Mas você toma chá o tempo todo, então suponho que nunca se esqueceria de colocar um pacote de saquinhos de chá na mala. Posso levar alguns para o vizinho?"

"Pode ficar com a caixa toda." Coloquei o pacote nas suas mãos com um gesto levemente agressivo porque estava cansado de me sentir mal por causa do abacaxi enlatado. Luna era uma lunática. Ela berrava ao avistar pêssegos, mas adorava sangue e adorava os Beatles. Pôs cinco colheres de açúcar no café e então virou tudo como se fosse um toureiro.

"Se esta datcha fosse feita de chocolate", ela sorriu, "eu poderia comer a casa inteira e nunca engordar." Sua mãe vivia tentando fazer com que ela comesse mais do que precisava por causa da filhinha bebê que não tinha sobrevivido.

"Mas, agora, Saul, vamos escutar os Beatles." Ela apontou para a vitrola em que eu não tinha reparado da última vez que estivera aqui com Walter. Estava em cima de uma cadeira no canto da sala, tinha um lado colado com fita adesiva bege. Luna tinha escondido seu álbum precioso, *Abbey Road*, na gaveta da cozinha. Estava embrulhado em uma toalha, e, quando ela desembrulhou, olhou com ternura para a capa e beijou John,

Paul, Ringo e George, um de cada vez, e depois beijou Ringo mais uma vez. Duas vezes. Três vezes. Beijinhos bem rápidos.

"O seu Beatle preferido é o Ringo?"

"É. Eu gosto do nariz dele. É igual ao seu nariz, Saul!"

Ela foi saltitando até a vitrola e, com muito cuidado, como se segurasse algo infinitamente frágil e precioso além da conta, tirou o vinil da capa. Era fim de tarde e o sol brilhava no lote de Walter. Por enquanto não havia nenhum jaguar rodeando os anões e gnomos de gesso que pareciam fazer sucesso entre os donos das datchas.

Escutamos *Abbey Road* inteiro. Luna tocou "Come Together" duas vezes e "She Came In Through the Bathroom Window" três vezes. Dançamos juntos e inventamos alguns movimentos bobos, mas emocionantes, com as mãos, para fazer o outro dar risada. Enquanto isso, requebrávamos o quadril e sacudíamos a cabeça ao ritmo da bateria de Ringo. Eu disse a ela que aquilo me fazia sentir saudade de Londres. "Ah, sim", ela disse, "eu gostaria de conhecer Londres. Mas, mais do que tudo, quero ir a Liverpool porque quero ver Penny Lane por conta própria."

Enquanto falava, ela soltou a trança do cabelo, que lhe caiu até a cintura. Um filhote de jaguar poderia se esconder ali com facilidade. Luna estava se preparando para fazer algo. Chutou para longe as botas pretas de bico fino e me instruiu a buscar uma cadeira para ela, que eu deveria colocar no meio da sala. Precisei mudar de lugar a pilha de botas velhas enlameadas em que eu tinha tropeçado da última vez, além da garrafa vazia de aguardente que Walter e eu tínhamos tomado inteira e também a caixinha de fósforos contendo as cinzas do meu pai, que, por algum motivo, eu tinha deixado no chão ao lado das botas e esquecido de levar comigo. Enfiei-a no bolso da jaqueta.

"Olhe só para mim, Saul, olhe!"

Luna estava em cima da cadeira com os braços estendidos, como se estivesse voando. Respirou fundo e, com os braços ainda estendidos, cantou "Penny Lane" do início ao fim. Sua voz era forte e aguda, e, como ela estava cantando as palavras em inglês com sotaque alemão, aquilo era ainda mais comovente. Quando ela cantou um dos versos em alemão, sua tradução não funcionou assim tão bem.

"*Die schöne Krankenschwester verkauft Mohnblüten von ihrem Tablett.*"

Acho que queria dizer algo como: *A enfermeira bonita vende botões de papoula em sua bandeja.* Eu não disse a Luna que uma papoula de recordação era feita de papel e que as papoulas na bandeja que a enfermeira segurava simbolizavam o sangue derramado pelos soldados feridos e moribundos nos campos de Flandres. Enquanto ela cantava, ouvi algo rosnando. Não estava perto, estava longe, mas ouvi mesmo assim. Aquilo me fez sentir um calafrio enquanto ela cantava. Luna pulou da cadeira e fez uma mesura, com os braços ao lado do corpo, enquanto eu aplaudia.

"Eu sei que vou achar emprego num hospital em Liverpool."

Ela me disse que, mais do que tudo, queria ser livre.

"Eu tenho medo de tudo" — apontou para o relógio que tiquetaqueava na parede da datcha. "Esse negócio não tem fim. Vivo assustada o tempo todo. De manhã até a noite, e daí é de manhã outra vez. Quando há muito a sentir, é melhor cantar." Ela pediu desculpa por fazer com que eu me sentisse ainda pior por causa do abacaxi. "Para ser sincera, tenho mais vontade da calda do que do abacaxi, mas estamos felizes morando com você aqui no Leste. Você adicionou algo doce à nossa vida. Ficamos muito felizes com a sua amizade e vamos sentir sua falta quando você for embora. Quer ver o meu balé?"

"Quero."

Eu estava percebendo que Luna gostava de escapar de qualquer maneira possível.

Procurou suas sapatilhas, que estavam embaixo da mesa, com as fitas soltas, como se sempre se oferecesse para dançar para os hóspedes da datcha. Dessa vez, fui instruído a deslocar três cadeiras, uma cesta contendo dois talos de ruibarbo murchos, um saco de potes de vidro vazios e a enrolar um tapete pequeno.

Luna amarrou as sapatilhas com suas pontas sólidas estranhas e, durante uma hora, no fim do século XX, na República Democrática Alemã, ela me mostrou uma arte que iniciou no século XVII e foi criada para as cortes europeias exibirem a força e a riqueza de seus governantes. Havia um anseio e uma ternura na maneira como ela movia os braços, mas sua postura era reservada. Ela virou e rodopiou, duas, três, seis vezes, e me contou que essa era a habilidade especial de sua professora de balé, porque ela tinha treinado os bailarinos do Balé Bolshoi. Seu corpo parecia etéreo e delicado quando finalmente mergulhou num *arabesque en pointe* lento, firme e perfeito.

Mais tarde, quando ela estava largada no chão, ofegante, entreguei-lhe um copo grande de água e me ajoelhei para desamarrar as fitas de suas sapatilhas. Ela me disse que, se eu também soubesse dançar, podíamos tentar um *pas de deux*, que significa "passo para dois". Com a ajuda de alguém com os levantamentos e contrapesos, ela seria capaz de executar mais coisas do que conseguia sozinha. Enquanto o sol se punha sobre a datcha e o terreno, tranquei a porta da frente e tirei da tomada os aparelhos elétricos enquanto Luna, ainda sem fôlego por causa de sua enorme apresentação, ia me contando mais fatos a respeito dos Beatles, de acordo com o que Rainer lhe dissera. Ela tinha interesse especial em como Paul e John tinham ido de Liverpool a Paris de carona, onde cortaram o cabelo com um barbeiro chamado Jürgen, e tinha sido assim que o penteado típico deles passou a existir.

Quando fechei as cortinas, avistei as vigas de ferro saindo do solo, talvez deixadas ali depois da guerra. O Leste não havia se beneficiado do dinheiro que tinha sido despejado na reconstrução da Alemanha Ocidental pelos Estados Unidos e seus aliados. Luna continuava sentada no chão. Segurou o calcanhar do pé direito descalço com a mão e girou o pé enquanto nuvens passavam por cima das vigas.

Fui acordado pelo barulho de um cachorro uivando ou talvez de uma raposa chamando os filhotes. Quando me sentei ereto no colchão que tinha estendido no chão, vi alguém parado sobre mim. Um fantasma, um espectro, coberto com um tecido branco, o cabelo da cor das árvores prateadas em uma floresta. Luna pediu desculpa por me assustar, mas me disse que tinha certeza que o jaguar estava pronto para dar o bote através das janelas. Ela estava com medo de que o animal a arrastasse para algum lugar ruim, para longe de suas sapatilhas de balé e de seu disco precioso, *Abbey Road*, para longe da mãe e do irmão, que jamais iriam se recuperar; ninguém saberia o que tinha acontecido com ela. E teriam medo demais para fazer perguntas. Eu me ofereci para acender as luzes e conferir as janelas, mas ela não achou que isso fosse deter o jaguar. Aliás, as luzes lhe dariam incentivo para se aproximar mais. Ela se ajeitou no colchão comigo e ficou deitada de lado a certa distância, enquanto o cachorro continuava a uivar, ou talvez só estivesse ganindo. Senti que ela tremia. Coloquei o braço, de leve, em volta de sua cintura, em um gesto casto, com o cuidado de manter meu corpo separado do dela. No entanto, algo aconteceu no meio da noite. No nosso sono, nos aproximamos, até eu ter consciência de que a minha perna tinha se enroscado na dela e que a mão dela acariciava meu braço. Quando ela colocou a minha mão no seu peito, eu me afastei, mas ela se virou para ficar de frente para mim. Também foi ela quem deu o passo seguinte. Eu devia ter resistido, mas não resisti, e então sua camisola branca estava jogada em algum lugar no chão. Nada poderia ter nos segurado. Foi fácil porque ela estava tão excitada, tudo acontecia em câmera lenta erótica como se não tivesse nada a ver com o nosso livre-arbítrio. Luna ficou por cima de mim o tempo todo, com os lábios apertados contra meu colar de pérolas. Dava para ver seus olhos brilhando no escuro, e então acabou. O cachorro continuava ganindo.

"Jennifer deu as pérolas para você?"

Reparei que eu estava com as mãos no pescoço, como se estivesse protegendo as minhas pérolas dos seus dedos. Mais do que tudo, eu me sentia triste.

Tinha chegado a pensar que qualquer coisa que eu pudesse dizer sobre as pérolas seria uma conversa inacabada, sem fim.

"Walter disse que sua mãe judia nasceu em Heidelberg e que o pai dela era professor na universidade."

"Não quero falar sobre isso agora."

"Mas tem que falar", ela disse com firmeza. "Você é história."

Fechei os olhos e fingi dormir.

É possível que as pérolas tenham sido dadas à minha mãe pela mãe dela quando ficou claro que pelo menos as crianças tinham que receber ajuda para fugir. Por que uma criança de oito anos teria um colar de pérolas quando chegou à Grã-Bretanha com sua única mala? Depois que ela morreu, meu pai daria as pérolas ao filho porque não tinha filha. E então, quanto tempo demoraria para explicar que ele não achava que o filho usaria as pérolas? Elas deveriam ficar guardadas em uma caixa de veludo escondida em uma gaveta. Eu usava as pérolas e elas sussurravam sem parar, em alemão, todas as manhãs, enquanto meu pai e Matt comiam seus flocos de milho.

Meu amigo Jack tinha me dito que agora Heidelberg era o lar de uma população selvagem de periquitos-de-colar africanos. Os periquitos tanto machos quanto fêmeas são capazes de imitar a fala humana. Naquela noite na datcha, fiquei imaginando que tipos de palavras eles poderiam estar imitando depois do pogrom na Kristallnacht.

O sol nascia sobre o jardim de Walter. Eu devia ter dormido, no final das contas, porque, quando acordei, descobri com mais consciência que Luna e eu estávamos nus e enroscados na cama.

"Deixe-me ver o comprimento do seu cabelo hoje, Saul."

As mãos dela estavam no meu cabelo, segurando de conchinha e puxando, medindo o comprimento em relação aos meus ombros.

"Seu cabelo é tão preto. Igual aos pássaros nos campos."

Eu queria que ela fosse embora. Que me deixasse em paz. Que sumisse.

"Luna, é melhor se dissermos a Walter que somos apenas amigos — tudo bem para você?"

Senti seu corpo se retesar.

"Para o café da manhã, vou preparar para nós os cogumelos que você e Walter colheram."

Ela estava feliz e afetuosa enquanto providenciava a fritura dos cogumelos.

Era estranho dividi-los com ela e não com Walter. Estava frio, e, quando vesti o paletó, lembrei da caixinha de fósforos de cinzas que eu tinha posto no bolso na noite anterior. Perguntei a Luna se ela ficaria incomodada se eu enterrasse as cinzas do meu pai no jardim. Mostrei para ela a caixinha de fósforos. Ela não ficou chocada; se dá para dizer alguma coisa, ficou com uma expressão bondosa. Ela concordou no mesmo instante, vestiu uma calça e um casaco, que colocou por cima da camisola, e me acompanhou até o lote da família.

Cavei um buraquinho na RDA com as mãos, coloquei a caixinha de fósforos com as cinzas no buraco e cobri com a terra que era meu assunto histórico e meu tormento. Fiquei mal pelo fato de o irmão gentil de Luna ter sido obrigado a se defender das minhas perguntas.
Ainda assim, você seria meu amigo?
Luna estava parada ao meu lado, maravilhada com esse pequeno ritual pessoal.
"Acho que você devia amar o seu pai de verdade."
Ela voltou para a cozinha e me deixou sozinho com um pesar maior que a própria cova. Eu me sentia em carne viva, como se tivesse acabado de ser estripado por um jaguar. Uma brisa suave soprou na RDA, mas eu sabia que vinha dos Estados Unidos. Um vento de outro tempo. Trouxe consigo o cheiro salgado de algas e ostras. E de lã. Um cobertor de tricô de criança. Dobrado sobre as costas de uma cadeira. Tempo e espaço todos misturados. Agora. Antes. Lá. Aqui.

Devo ter ficado do lado de fora durante um bom tempo, porque, quando voltei, Luna estava vestida e agora fatiava um pão pesado com uma faca de serra para levar para o vizinho doente. Reparei que ela tinha bordado as barras da calça.
"Você faz suas próprias roupas, Luna?"
"Claro que sim. Todas as calças são feias, e quando as bonitas chegam à loja, esgotam na mesma tarde."
Até o pão escuro parecia estar conectado aos Beatles na cabeça de Luna.
"Rainer me disse que John Lennon fazia o próprio pão quando se juntou com Yoko."
Ela cortou o pão na metade e então segurou as duas partes lado a lado para medir se eram iguais. Na sua visão, uma metade não estava igual. Serrou o pão mais uma vez, então estremeceu. Tinha feito um corte no segundo dedo da mão direita

com a faca. Sangue pingou em cima do pão quando ela chupou o dedo e depois o agitou no ar, por cima da cabeça.

"Sou enfermeira", ela disse.

"É, você me disse."

"Mas você não perguntou. Passei nos meus exames com as melhores notas da minha classe. Quero avançar nos meus estudos no Ocidente e aprender melhor inglês."

"Walter pode ensinar inglês para você." Afastei o pão do seu dedo ensanguentado e sugeri que lavasse com água fria.

"Quero estudar para ser médica em Liverpool."

"Você pode obter uma boa educação aqui."

Ela bateu o pé e se virou de frente para mim com os olhos verdes brilhantes e límpidos.

"Não. Eu preciso que você me ajude a sair. Quero ter liberdade para viajar e estudar o que eu quiser. Sou sua namorada agora."

Ela se aproximou e beijou meu pulso esquerdo, como se fôssemos amantes, e acho que éramos mesmo.

"Escute, Luna." Parecia que eu estava flutuando para fora do corpo enquanto falava. "Em setembro de 1989, o governo da Hungria vai abrir a fronteira para refugiados da Alemanha Oriental que queiram fugir para o Ocidente. Daí será impossível deter a enxurrada de gente. Quando chegar novembro de 1989, as fronteiras serão abertas e, no decorrer de um ano, as suas duas Alemanhas vão se transformar numa só."

"Está mentindo para mim." Ela fez um revólver com dois dedos e deu um tiro na própria cabeça.

"Bang. Eu te amo. Rock and roll. Você é meu namorado."

Quando ela sorriu com seus dentes tortos, senti de verdade que era uma presa dela.

"Amanhã", ela disse, "vou entrar com os documentos na imigração para me casar com você e viver no Ocidente."

Eu sabia que precisava partir da RDA o mais rápido possível. Teria que cancelar meus dois últimos encontros com a bibliotecária que estava me ajudando com os arquivos com tanta relutância e mudaria meu visto de saída.

Comecei a pensar que Luna era mais perigosa do que o jaguar de que ela tinha mais medo. Quando ela passou o dedo ensanguentado por baixo do meu colar de pérolas e o puxou até que o fio estivesse prestes a arrebentar, perdi a paciência.

"Estou apaixonado pelo seu irmão."

Senti o choque e a fúria dela. Luna pegou um dos pedaços do pão cortado e jogou em cima de mim. Caiu perto dos meus pés com um baque. Eu tinha traído o seu sonho de sair e tinha traído seu corpo porque não era o corpo pelo qual eu ansiava de verdade. No entanto, aparentemente, tinha sido ela a oferecer o corpo para mim de livre e espontânea vontade. Não era livre de jeito nenhum.

"Walter é casado", ela disse com frieza. "Ele tem mulher e uma filha pequena."

"Walter tem uma filha?"

"Tem. A quem você acha que pertence o trenzinho de madeira? Minha mãe e eu não nos entretemos com brinquedos."

Ela recolheu o pão e o embalou com um pano.

"Se eu entrar com os documentos na imigração para me casar com você, então poderemos entrar com os documentos para Walter me visitar porque sou irmã dele."

Dois homens estavam fazendo uma fogueira em um campinho perto dos lotes. Um deles jogou um saco de folhas no fogo. O outro remexeu o fogo com um pau e depois jogou o pau na fogueira.

"Você quer viver longe dos seus amigos e da sua família?"

"Imigração é assim", Luna disse. "Todo mundo sabe disso. Rainer sabe disso. Ele organiza peruas com compartimentos embaixo dos bancos. Não são paradas. Se você não quiser que eu entre com os documentos, vai ter que pagar para me tirar daqui."

Eu lhe disse que ia pensar sobre o assunto. Ela pareceu acreditar em mim e saiu da datcha para entregar o pão para o vizinho.

Minha cabeça latejava. Fechei os olhos e peguei nas pontas do cabelo. Eu estava enfurecido por ter sido usado de maneira tão rude e astuciosa. Fui até a vitrola surrada emendada com fita adesiva e ergui o disco que Luna não tinha guardado de volta na gaveta na noite anterior. Joguei o *Abbey Road* no chão e pisei em cima do vinil com minhas botas, usando toda a força. Rachou e depois quebrou em quatro pedaços, nenhum deles igual ao outro.

Tomei a decisão de sair da RDA imediatamente. Eu voltaria para o Ocidente, sozinho, sem Luna, mas precisava me despedir de Walter primeiro. Como um homem sério se despediria de alguém que é importante para ele. Não. Eu não viveria separado de Walter. De jeito nenhum. Conversaria com discrição com Rainer no bar e perguntaria quanto ele cobraria caso Walter precisasse ir embora. Era a fuga de Walter, não a de Luna, que estava na minha mente. Eu iria libertá-lo de sua vida oculta com sua mulher de mentirinha.

14

Havia pelo menos nove mulheres empurrando carrinhos em volta da fonte na Alexanderplatz quando finalmente me despedi de Walter Müller. Para todos os lados que eu olhava, havia mulheres manobrando bebês no meio dos pombos. A caminhada tinha sido triste e tensa, mas dessa vez carreguei minha própria bolsa. Parecia que Walter de repente tinha entrado em seu trabalho de tradutor, bem quando eu estava indo embora de Berlim Oriental. Uma escultura de cobre em relevo em um prédio alto chamado Casa das Viagens tinha chamado a minha atenção na Alexanderplatz. Era de um astronauta usando capacete, partindo para sua jornada ao desconhecido, rodeado por vários planetas e pássaros e o sol. Walter traduziu o título para mim.

"*O homem supera o espaço e o tempo.*"

"É", eu disse, enlaçando meu braço no dele, "esse tem sido o meu problema durante minha estadia na RDA. Espaço e tempo. Mas não os conquistei. Aliás, eles é que me venceram."

Ele apertou meu braço. "Não. Você só é louco. Estamos ansiosos para ver seu relatório a respeito do nosso milagre econômico." Ele jogou a cabeça para trás e deu risada igual a um maníaco.

"Não, Walter", eu disse, "você e eu logo vamos nos encontrar para uma cerveja em Kreuzberg."

"Quando vai ser isso, meu amigo inglês?"

"Quando você resolver."

"Certo", ele respondeu. "Eu preferiria um encontro em Paris."

"Então é isso que faremos."

Walter estendeu a mão e bagunçou meu cabelo. Apesar de estar dando risada, eu estava infeliz e assustado, e isso me fez pensar no fato de Walter dar risada o tempo todo. Talvez ele também estivesse infeliz e assustado.

A torre de TV com sua esfera de aço e antena pelada nunca estava fora da vista. Walter explicou que ela tinha sido projetada para celebrar a obsessão soviética pelas viagens espaciais na década de 1960. "Olhe para o nosso Relógio Mundial", ele disse em inglês. "Vai ver no alto dele uma escultura de metal do sistema solar."

"Ah, asteroides e cometas", eu disse.

Estávamos fazendo todo o possível para evitar o momento em que cada um iria para um lado.

"Adeus, Walter." Eu falei bem rapidinho com os olhos fechados, então os abri e vi todas aquelas mulheres empurrando os filhos nos carrinhos. Talvez a moça de vestido amarelo e salto agulha branco fosse a esposa dele?

Walter passou por cima da minha bolsa e me deu um abraço breve. Senti o cheiro de carvão mineral do seu cabelo. Ele me disse que, enquanto eu estivesse no trem de volta ao Ocidente, ele estaria ajudando a amiga que trabalhava em uma barraquinha no fim de sua rua. Ela vendia doces, bebidas, cigarros e jornais. À tarde, ele tinha agendado dar aula de inglês a homens e mulheres que tinham uma boa carreira, mas que iam construir o socialismo em outros lugares, inclusive na Etiópia. Parecia que ele queria que eu soubesse o que estaria fazendo enquanto eu estivesse no trem para o Ocidente. E eu queria mesmo saber. Queria saber tudo a respeito de Walter Müller. O fato de ele ter escondido os detalhes de sua verdadeira vida doméstica só fazia com que eu o amasse mais. Ele e eu tínhamos sido muito solitários durante nossos anos de adolescência, em Berlim Oriental e na zona leste de Londres. Eu tinha sofrido sob os cuidados do meu pai autoritário e ele tinha sofrido sob os cuidados de sua pátria autoritária.

"Por favor, agradeça à sua mãe pela hospitalidade."

"Pode deixar", ele disse. "E obrigado a você, Saul, pelas nossas conversas e pela sua companhia." Ele apertou minha mão. "Cuide-se, Saul."

"Não", eu disse, "quero cuidar de você." E falei sério.

Eu me inclinei para a frente e sussurrei a informação que Rainer tinha me dito para passar para ele. Walter estremeceu e se afastou. Seu rosto estava pálido.

"Eu fui criado aqui. Jamais iria para o Ocidente. Só quero ver a minha tia e os meus primos de vez em quando."

Começou a chover no Relógio Mundial e em seu sistema solar de metal. As mulheres empurrando carrinhos agora corriam para se proteger. Todo mundo corria para se proteger.

Walter e eu ficamos parados na chuva, ao lado da fonte, com os pombos, enquanto ele me dizia num tom baixo e monótono que ninguém com a cabeça no lugar conversa com Rainer. Ninguém diz nada a Rainer exceto bom-dia ou boa-noite. Por que eu achava que Rainer tinha um apartamento novinho em folha de três quartos? Por que ele tinha um carro novinho em folha se todas as outras pessoas precisavam esperar quinze anos? Por que eu achava que Rainer tinha permissão para visitar o Ocidente quatro vezes por ano? Todo mundo sabia que não era para conversar com Rainer.

"Volte para o seu mundo", ele disse, tristonho. Então se afastou e não virou para trás. O que ele não viu quando pôs o pé na rua foi que uma perua com o nome de uma empresa de móveis escrito na lateral tinha ignorado o sinal vermelho. O veículo desviou e subiu na guia, exatamente no lugar onde Walter esperava para atravessar a rua. Era provável que ele fosse castigado por tentar fugir da república, e a culpa era toda minha.

I

Abbey Road, Londres, junho de 2016

Pisei no cruzamento na Abbey Road, a famosa faixa de pedestre com suas listras brancas e pretas diante das quais todos os veículos devem parar para permitir que os transeuntes atravessem a rua. Os Beatles atravessaram essa mesma rua em fila única em 8 de agosto de 1969 para a capa do disco *Abbey Road*. John Lennon na frente, com um terno branco, George Harrison, o último da fila, de jeans, Ringo e Paul entre os dois. Um carro estava vindo na minha direção, mas não parou. Caí em cima do quadril usando as mãos para me proteger da queda. O carro parou e o motorista abaixou o vidro. Estava na casa dos sessenta anos, suas pálpebras tremiam nos cantos. Perguntou se eu estava machucado. Como não respondi, ele acabou saindo do carro.

"Peço desculpa", ele falou, "mas você começou a atravessar na faixa e eu diminuí a velocidade, mas daí você mudou de ideia e daí atravessou bem na frente do meu carro."

Sorri com a longa e cuidadosa reconstrução da história, narrada do ponto de vista dele.

"Está tudo bem, sem problema."

Um catálogo de uma exposição das fotografias de Jennifer Moreau tinha caído da minha bolsa de couro a tiracolo e, para me envergonhar, um pacote de camisinhas também. Vi que o motorista estava em choque, até suas pálpebras tremiam. Ele olhou para a minha mão direita enquanto o sangue escorria entre os meus dedos. Chupei os dedos enquanto ele me observava, claramente abalado, e então perguntou se eu precisava de uma carona para algum lugar, ou se podia me levar a uma farmácia? Como não respondi, ele perguntou qual era o meu nome.

"É Saul", respondi. "Olhe, é só um corte pequeno. Minha pele é fina. Eu sempre sangro muito. Não é nada."

Quando olhei para cima, vi que ele estava tremendo, seus joelhos tremiam.

Perguntei ao motorista qual era seu nome.

"Wolfgang", ele respondeu rápido, como se não quisesse que eu soubesse.

Ele segurava o braço esquerdo com o direito e seus olhos estranhos e trêmulos choravam sangue. Eu queria que ele fosse embora.

"Meu espelho lateral ficou destroçado", ele disse. "Eu comprei em Milão."

Ele gemia e parecia estar com dor.

"Pode me dizer onde você mora? Quantos anos tem?"

Quando eu lhe disse que tinha vinte e oito anos, ele não acreditou. Percebi que havia vidro por todo lado e que uma parte estava dentro da minha cabeça. Eu tinha vislumbrado meu reflexo no espelho lateral do seu carro e o meu reflexo tinha caído dentro de mim.

Eu estava estirado na rua. Um celular estava caído perto da minha mão. Uma voz masculina dentro dele dizia palavras irritadas e insultos.

Vai se foder eu te odeio não volte para casa.

Meus sapatos também estavam jogados na rua. Luzes azuis piscavam nos meus olhos. O homem que chorava lágrimas de sangue me disse que era uma ambulância. Quando fui erguido na maca por dois paramédicos, ouvi a voz de Luna na minha mente. "É certeza, Saul, que você tem uns cinco litros de sangue no corpo e que as células brancas estarão lutando contra infecções."

2

Meu pai comia um sanduíche perto da minha cabeça. Ele arrancou um pedaço de pão e enrolou em uma bolinha.
"Você está morto."
"Ainda não. Você é que está quase morto."
Dava para sentir o cheiro de arenque enlatado no hálito dele.
"Cadê a sua trolha?"
"Artrite. Não consigo mais mexer o braço. Caminho com um andador Zimmer agora, mas deixei em casa."
"Você é a sra. Stechler?"
"Sou um senhor, filho, não uma senhora."
Lembrei que estava escrevendo uma dissertação sobre Stálin. O pai dele, Beso, era um maníaco. Quando Beso era jovem, era bonito e alegre. Sabia falar russo, turco, armênio e georgiano. Quando morreu, aos cinquenta e cinco anos, foi enterrado numa vala comum. O filho mudou o nome para Stálin, que significa "homem de aço", e depois se tornou o governante da União Soviética.
"Estou apaixonado por um homem."
Beso deu risada à maneira georgiana. Fiquei esperando que ele chamasse meu irmão para me dar uma surra. Ele estava remexendo nas coisas, à procura de algo.
"Acabei de voltar da Alemanha Oriental, a RDA. As pessoas querem viajar e ser livres."
Meu pai deu um golpe com os dedos em algum lugar próximo do meu rosto. "Estes intelectuais descontentes, capitalistas e senhores da guerra do Ocidente deviam fechar a matraca. Não

fazem ideia de como as condições dos trabalhadores eram ruins no passado nem como o povo russo sofria. Na RDA, ninguém era sem-teto, todo mundo tinha algo para viver e ninguém passava fome. É por isso que a fronteira do Estado tinha que ser protegida."

Ele pegou um saco plástico.

"É o colar da sua mãe."

Eu conseguia mover ambas as mãos. Peguei o saco e trouxe para perto dos meus olhos. A última vez que as pérolas foram tocadas tinha sido pelo dedo ensanguentado de Luna.

"Cortaram fora durante a cirurgia, mas mandei juntar de novo para você. Vidro nos seus órgãos internos. Septicemia. Ruptura no baço. Hemorragia interna. Colocaram um fecho de prata novo no colar. Eu teria pagado por um de ouro, mas disseram que o original era de prata."

"Eu queria ter dado para Luna. Ela gostou das minhas pérolas."

"Quem é Luna?"

"Minha amante."

"Achei que você estivesse apaixonado por um homem."

"Estou."

Eu sabia que Jennifer Moreau estava nas proximidades porque sentia o cheiro de ilangue-ilangue.

Virei a cabeça para olhar para ela. Ela usava um chapéu e eu não conseguia enxergar seu rosto. Tentei mover a mão para tocar no seu cabelo. Segurei uma mecha nos dedos, mas não era o cabelo dela, porque era branco. Resolvi não voltar a olhar para Jennifer, mas ela era capaz de ler a minha mente.

"Você está em Londres." A voz dela tinha mudado. Era mais profunda. Tinha um leve sotaque americano.

Eu não tinha certeza se acreditava ou não nela, porque vi Rainer caminhando na minha direção. Ele tinha trocado a jaqueta cáqui por um avental branco de médico. O traidor tinha se livrado do violão e o substituiu por um estetoscópio. Quando chegou à minha cama, eu sabia o que queria lhe dizer.

"Não dá para confiar em você. Você mora num apartamento novinho em folha de três quartos. Você é informante da Stasi."

"Você pode ter razão", ele respondeu, "mas não é muito provável."

"Rainer é o seu médico." Jennifer descruzou as pernas e eu senti o cheiro doce do ilangue-ilangue.

"Ouça, Jennifer, não diga nada a Rainer além de boa-noite e bom-dia."

"Bom dia, Rainer", ela disse com seu leve sotaque americano.

Havia uma máquina perto da cama. Eu estava conectado a ela. Havia tubos presos às costas da minha mão.

Sussurrei para Jennifer sem olhar para ela.

"Você recebeu as flores?"

"Estão aqui", ela disse, "não rosas, girassóis."

Havia um vaso de girassóis na mesa ao lado da minha cama.

"O negócio é o seguinte, Jennifer Moreau: eu comprei estas flores para você."

"O negócio é o seguinte, Saul Adler: eu comprei estas flores para você."

"Você recebeu meu recado, Jennifer?"

"Que recado?"

"Do homem descuidado que te ama."

"Isso foi há quase trinta anos."

Rainer tinha desaparecido.

Quando ela inclinou o rosto sobre o meu, fechei os olhos. Eu não estava pronto para olhar para ela. Seus lábios tocaram minha testa.

"Jennifer, você está mesmo aqui?"

"Estou."

"Onde eu estava ontem?"

"Aqui."

"E no dia anterior?"

Rainer voltou. Com outro oficial da Stasi de avental branco. Eu o tinha visto em uma festa em Berlim Oriental e seu nome era Heiner. Ele estava discutindo sobre o soro na minha mão. Os dois disseram a mesma palavra que o meu pai tinha dito. Septicemia.

Rainer desapareceu de novo. Heiner foi atrás dele.

"Jennifer?"

"O que foi, Saul?"

"Preciso dizer uma coisa para você."

"Pode falar."

"Estou apaixonado por outra pessoa. Estou muito envolvido com um homem."

"Quem?"

"Walter Müller. Quero passar o resto da vida com ele."

"Essa notícia é velha", ela disse. "Isso foi quando você tinha vinte e oito anos. Aliás, eu também estou apaixonada por um homem."

Havia outra pessoa ao lado da minha cama.

Meu irmão, Gordo Matt, e sua mulher de lábios apertados. Ela me lembrou de que seu nome era Tessa.

"Ainda bem que você se recuperou", ela disse, mas dava para ver que ela não falou sério.

Meu irmão Matt se inclinava sobre a minha cabeça.

"Fique com os braços e as mãos para fora dos lençóis. Se não os tubos enroscam."

"Seu filho da puta", sussurrei para Gordo Matt quando ele se inclinou mais para perto. Seus olhos eram muito grandes.

"Sinto muito pelo que aconteceu, Saul. Você apagou total." O barulho de uma cadeira sendo arrastada no chão. Até a ponta. De onde eu estava agora. Que era uma cama. Ao lado de uma máquina. Eu estava conectado à máquina por tubos. Matt pegou na minha mão.

Pedi para chamarem Rainer. "Você sabe fazer as pessoas desaparecerem. Diga a ele para ir embora ou vou afundar a cara gorda dele."

Rainer aconselhou meu irmão a não levar para o lado pessoal. "Ele não está completamente presente."

Fechei os olhos. Era a magia mais básica para fazer com que ele desaparecesse.

Leve para o lado pessoal, a voz na minha cabeça disse bem alto. É pessoal.

Quando voltei a abrir os olhos, Matt estava sendo levado para fora do quarto às pressas pela mulher sem graça dele.

Apontei para o meu pai.

"E ele. Ele também precisa ir embora."

Rainer se dirigiu ao meu pai como sr. Adler quando lhe disse que eu precisava descansar.

Minha cabeça ficou muito pesada quando ele falou o sobrenome do meu pai com tanta formalidade. Parecia que alguém batia aquilo de dentro. *No que isso faz você pensar?* Aquilo me fazia pensar no pão trançado macio que a minha mãe assava às sextas de manhã. Uma *challah* dourada com sementes de gergelim. Quando criança, eu batia os ovos e adicionava o sal, o açúcar e o óleo enquanto ela despejava o fermento espumante e a farinha. Depois de deixarmos algumas horas perto do aquecedor, começávamos a minha tarefa preferida, que era dividir a massa em três pedaços e trançar. Quando estava assada, eu virava o pão de cabeça para baixo e batia para ver se estava oco. Minha mãe fazia esse pão para o meu pai, que fingia não ligar. Mas ele ligava, porque, depois que ela morreu, ele comprava uma *challah* toda sexta. Quando eu lhe disse que sabia fazer *challah*, ele respondeu que não ligava. Eu vi Rainer conduzindo o meu velho pelo corredor. Ele tinha esquecido a bengala e estava mancando.

Rainer voltou. Seu estetoscópio estava em algum lugar no meu peito. Meu coração. Frio. Frio. Frio Rainer. Perguntei a ele se ainda lia os poetas beat.

"Não sei quem são."

"Mas você contrabandeava os livros deles."

"É mesmo?"

"Suponho que as autoridades permitiam. Queriam saber o nome de qualquer pessoa que lesse aquilo."

Ele se aproximou do meu ouvido.

"Onde você está, Saul?"

"Na Alemanha. Oriental. Nadei no lago pessoal de Honecker."

"Certo", ele disse. "A Alemanha Oriental e a Ocidental estão juntas. O ano é 2016. O mês é junho, dia 24. Ontem, a Grã-Bretanha votou para sair da União Europeia."

"Você é desprezível", eu disse. "Qual era a sua idade quando a Stasi recrutou você?"

Ouvi Jennifer tossindo ali perto.

"O que fizeram com Walter? O que aconteceu com Luna? Ande logo, Rainer. Responda às minhas perguntas."

"É um bom sinal", Rainer disse, "ser capaz de proferir frases inteiras e mandar a família para longe do quarto."

"Sinto o cheiro de tudo. É demais da conta. Sei que você acabou de comer uma maçã, Rainer."

Suas mãos estavam na minha barriga. Ele parecia estar cuidando de um curativo ou olhando algo embaixo do curativo.

"Sabe, acabei de comer algo parecido com uma maçã. Uma maçã seca em rodela que a minha mãe mandou de Dresden."

"*Gebackene Apfelringe*", sussurrei.

"Uau", Rainer disse, "você fala alemão?"

Devia haver algum tipo de curativo na minha cabeça além do da minha barriga, porque senti as lágrimas escorrendo para baixo dele.

"Rainer, estou temeroso por Walter. Você pode dar um recado meu para ele? Ele é tradutor. Meu amante."

"Eu não sei quem é Walter."

"Sabe, sim. Você recebeu um passaporte para visitar o Ocidente quatro vezes por ano. Tem um carro novo. Todas as outras pessoas têm que esperar quinze anos para conseguir um."

"Ele está confuso." Meu pai tinha voltado e estava procurando sua bengala. Sussurrava com seu hálito de arenque, como sempre, envergonhado das lágrimas do filho.

"Eu enterrei você na RDA", sussurrei para o espectro chamado sr. Adler.

"Se isso é verdade, filho, enterrou seu pai vivo."

Ninguém o ajudou a encontrar a bengala. Era difícil para mim ver que ele estava procurando por ela.

"Você me pregou dentro de um caixão?"

"Não, você estava em uma caixinha de fósforos."

Parecia que meu pai tinha encontrado a bengala.

Estava balbuciando algo para Rainer a respeito do trabalho dele de trazer seu filho de volta à realidade e não entrar nas suas ilusões. Eu o escutava explicando para o meu médico, que também podia ser um informante da Stasi, que eu era historiador. Estudava o Leste Europeu comunista e, de algum modo, tinha me transportado de volta à RDA, uma viagem que eu havia feito quando tinha vinte e oito anos, no ano de 1988. Agora, quase trinta anos depois, enquanto estava ali deitado no Hospital Universitário, parecia que eu tinha voltado no tempo para aquela viagem à RDA na minha juventude. Meu pai estava tentando me trazer de volta à realidade, mas, para começo de conversa, eu nunca tinha gostado muito de estar aqui. Ouvi que ele estava respirando pesado e rangendo os dentes.

Mais uma vez, Rainer, com todo tato, tentou fazer com que ele se retirasse.

"Precisamos que Saul se acalme", ouvi Rainer dizer.

"Está me proibindo de ver meu próprio filho?"

Rainer lhe disse que havia horários de visita estritos no hospital.

"Veja se me deixa em paz, doutor. Os seus trens podem até andar na hora, mas sabemos para onde vão."

"É", disse Rainer. "Sinto muito. Eu próprio não acredito na guerra."

Comecei a gostar de Rainer. Apesar de tentar não gostar por causa de sua traição.

Fiquei ruminando o problema de gostar de pessoas de quem não devemos gostar, mas, mesmo assim, nós acabamos nos apegando a elas. Uma enfermeira esfregou algo frio no meu braço. Uma agulha espetou minha pele. Abri os olhos. Havia uma mulher visitando o paciente na cama ao lado da minha. Ela segurava um bebê no colo.

Era doloroso para mim olhar para o filho dela. Queria que ela levasse o bebê embora. Jennifer, que estava por perto, também olhava para o bebê.

Chamei Rainer. Ele tinha desaparecido.

"O que você quer?", Jennifer me perguntou.

"Tire o bebê daqui."

"Não podemos fazer isso", ela respondeu. "Mas, um dia, precisamos conversar sobre os Estados Unidos."

Eu continuava sem conseguir olhar para ela.

"O que aconteceu nos Estados Unidos?"

Ela ficou em silêncio.

"Quantos anos você tem, Jennifer?"

"Cinquenta e um."

"Quantos anos eu tenho?"

"Cinquenta e seis."

"Para onde nós fomos?"

"Eu estou aqui. Onde você está?"

"Alexanderplatz. Perto do Relógio Mundial. Estou ao lado de Walter."

"Ah, certo", ela disse. "Isso foi há muito tempo."

"Você nunca me perguntou."

"Nunca perguntei o quê, Saul?"

"Se eu ligava."

"Ligava para quê?"
"Cadê Rainer?"
"Você não é o único paciente dele, sabe?"
"Eu preciso saber o que aconteceu com Luna."
"Quem é Luna?"
"A irmã de Walter."
"Rainer chegou." Ela acenou para o médico e caminhou em sua direção. Vi a mão dele tocar as costas da dela. Eu não acreditava que tinha cinquenta e seis anos. Mas dava para acreditar que Jennifer tinha cinquenta e um, apesar de eu não ter olhado para seu rosto. Estava mais cheia e mais rica, as roupas, os sapatos. O homem deitado na cama ao meu lado pediu o autógrafo dela. Ela assinou o gesso na perna esquerda dele como se fosse famosa, mas talvez isso fosse algo que as pessoas fazem com pernas engessadas de qualquer jeito. Só que, quando ela desenhou um bode ou algo assim com a caneta, ele disse que ia ter que guardar o gesso depois que tirassem porque o seu desenho valia mais do que o apartamento dele. O vestido dela era feito de algo esvoaçante com bolinhas minúsculas de estampa, um vestido que a Jennifer mais jovem jamais usaria.

Mais tarde, ele me mostrou o que ela tinha escrito.
Dê uma pernada
J. M.
"Como você conhece Jennifer Moreau?"
"Ela é minha namorada."
Ele deu risada e então se deteve.
"Tem um homem que fica ao lado da sua cama à noite. Ele diz que se chama Wolfgang. Ele quer conversar com você, mas você está sempre dormindo quando ele chega."

3

Na insônia das longas noites no hospital, com seus gemidos e sussurros noturnos, eu pensava no astronauta do prédio alto em Berlim Oriental, rodopiando pelo espaço e pelo tempo com os planetas e os pássaros.

No entanto, aqui na Euston Road, eu não estava no tempo e no espaço da RDA, eu flutuava em algum lugar acima dos Estados Unidos. Dava para escutar o som de ondas quebrando nas encostas de areia de uma praia chamada Marconi enquanto funcionários de escritórios em Londres bebiam cerveja em pubs e executivos de cinema enchiam os bares de tapas locais. Enquanto pacientes roncavam ou gritavam para pedir ajuda, um oceano corria pela ala do hospital iluminada pelo crepúsculo. Do lado de fora, um caminhão encostou para recolher os sacos de lixo das ruas de Londres enquanto eu me encontrava sozinho na praia Marconi. Havia focas naquele mar. Um farol próximo. Era um espaço angustiante. Eu queria ir para outro lugar junto com as gaivotas e os planetas. E de fato avancei, mas não muito longe, talvez apenas algumas milhas litoral abaixo. Há lagos e casas de madeira e barraquinhas vendendo lagosta. Jennifer caminha por uma trilha de areia através dos mangues de água salgada próximos a uma localidade costeira chamada Wellfleet, na Nova Inglaterra. Está deitada de bruços entre os juncos altos e está inconsolável. Ao nascer do sol, Jennifer se apoia contra a porta de uma casa de madeira e chora. Sei que ela gastou todas as suas forças com o que quer que seja que se encontra atrás da porta. Há uma cerejeira no jardim. Quando o vento sopra, suas flores caem através do universo feito uma chuva cor-de-rosa.

Eu tinha consciência de que, às vezes, à tarde, o homem que tinha me atropelado ficava parado ao lado da minha cama, um espectro de julgamento e culpa. Eu reconhecia seus olhos trêmulos estranhos. Sabia que ele estava envergonhado e que isso tinha alguma coisa a ver com o objeto que eu tinha encontrado na rua.

"Vá embora, Wolfgang", sussurrei. "Assegure-se de que o seu freio vai funcionar da próxima vez."

Ele estava no clima de conversar, apesar de eu não estar disponível para ele. Até ensaiou um papo furado sobre o Natal. Ele me disse que seus pais vieram da Áustria, de um lugar chamado Spitz, no distrito de Wachau, a noventa minutos de carro do aeroporto de Viena. O distrito produtor de vinhos. Vinhas. O Danúbio. Pequenos vilarejos. Um mosteiro. Ele e o marido compravam todos os enfeites de Natal de Spitz, incluindo os licores de chocolate cheios de Kirsch para pendurar na árvore deles. Tinham achado um bode de palha em uma feira e o decoraram com uvas, que iam secar e se transformar em uvas-passas. Ele tinha um irmão adotivo que era de Bucareste, mas agora morava em Zurique.

"Você tem marido?"

"Tenho, sim."

Aparentemente, o aeroporto da cidade tinha ficado fechado naquela manhã porque uma bomba não detonada da Segunda Guerra Mundial tinha sido encontrada no rio Tâmisa. Ele não podia mais circular de carro, por isso tinha tomado um trem e o metrô para vir até mim. A estação de metrô da Warren Street era ali perto. Ficava na linha Victoria, representada no mapa do metrô como a linha azul-clara. Aquele tipo de azul que era alegre demais para mim, mas ninguém sabia disso além de Wolfgang. Estendi a mão para recolher a flor caída dos Estados Unidos.

4

Rainer era sempre o anjo da guarda quando meu pai e meu irmão vinham me visitar. Ele os fazia sair com cortesia, insistia para que não se aproximassem. Até onde ele sabia, a presença deles estava interferindo na minha recuperação. Rainer tinha nascido em Dresden, que no passado era chamada de Florença do Elba. Sim, Rainer nasceu perto da fronteira com a República Tcheca. Fiquei imaginando se ele tinha ouvido falar dos doces de que Walter gostava em Praga, chamados caixõezinhos?

"Não, acho que nunca vi um caixãozinho."

"Sabe, Rainer, gostaria de ter conhecido você quando eu era pequeno, na infância." Ele me incentivou a dormir. Alguns minutos depois que ele saiu, ouvi um espelho se espatifar. Era o eco de algo que tinha acontecido no cruzamento da Abbey Road. Eu tinha tido um vislumbre de mim mesmo no espelho lateral do carro, do carro de Wolfgang, e ele tinha explodido em um montinho de estilhaços refletores. Alguns deles continuavam dentro da minha cabeça.

À noite, não havia mais nada além dos fantasmas nos Estados Unidos. Durante o dia, deitado de barriga para cima no hospital na Euston Road, eu geralmente estava em algum lugar na RDA.

Dava para sentir o cheiro da cola no apartamento de Ursula em Berlim Oriental. Era feita de ossos de animais. Walter tinha usado para consertar o trenzinho de madeira com rodas vermelhas.

"As luzes são fortes aqui", eu disse a Rainer. "Não são como o luar, que é a luz noturna da Terra."

"Correto", Rainer disse num tom de incentivo.

"São feito luzes de interrogatório."

"Você alguma vez já foi interrogado, Saul?"

"Não. Mas Walter foi, e a culpa é minha." Eu suava. Suava a noite toda e o dia todo e tinha certeza de que isso tinha mais a ver com o medo do que com a septicemia.

"É bom escutar você falando mais uma vez." Rainer ajustou a sonda que estava inserida nas costas da minha mão. "Apesar de você falar de acontecimentos tristes de outro tempo. É verdade que o seu amigo teria sido interrogado?"

"Acho que provavelmente é verdade."

Rainer assentiu como se concordasse que era provável ser verdade, o que fez com que eu me sentisse pior.

"Eu quero que você fique mais forte e leve uma vida normal."

"O que é uma vida normal, Rainer?"

"Em termos médicos, eu posso responder, mais ou menos. Mas não acho que seja isso que você está perguntando."

Fiquei imaginando se ele andava conversando com Wolfgang.

"Sabe que você tem muita sorte? Você sofreu uma ruptura no baço. Hemorragia interna. Não tão ruim assim, levando em conta o que aconteceu."

"O que é baço?"

"Um órgão na parte superior mais à esquerda do abdome, à esquerda do estômago. Tem o formato de um punho fechado, com uns dez centímetros de comprimento. A cirurgiã removeu parte do seu baço, não todo. Ela queria evitar o risco de infecção, mas infeccionou mesmo assim."

Os oficiais da Stasi disfarçados de médicos também estavam escaneando meu cérebro. As imagens eram enviadas ao radiologista, que escrevia relatórios para Rainer ler. Havia gente examinando imagens detalhadas de dentro da minha cabeça.

Quando perguntei a Rainer, mais uma vez, como era possível ele ter se tornado informante, ele arrastou uma cadeira até o lado direito da minha cama e moveu o rosto para bem perto do meu ouvido direito, que era onde eu poderia escutá-lo melhor. Isso significava que ele tinha que falar comigo em uma posição estranha, com os lábios perto da minha orelha. Apreciei o fato de ele ter feito aquele esforço. Queria que eu compreendesse que era importante esclarecer alguns fatos. Ele era médico, não espião da Stasi. Estávamos na Grã-Bretanha, em 2016.

"Mas quando foi que eu atravessei a Abbey Road?"

"Você atravessou a Abbey Road várias vezes", Jennifer interrompeu.

De vez em quando eu esquecia que ela estava ali.

"Por que atravessei a Abbey Road tantas vezes?"

"Para transar comigo, claro."

"Mas quando eu fui atropelado?"

"Há dez dias."

"Eu misturei o passado todo com agora." Minhas palavras saíram arrastadas, como se eu estivesse bêbado.

"É isso que eu faço nas minhas fotografias." Jennifer vestiu o casaco e tocou o meu nariz com um gesto que ela considerou afetuoso, mas doeu.

Rainer parecia ser confiável e bondoso. Era difícil acreditar que era possível confiar nele. Tudo era ainda mais confuso porque ele era da Alemanha, que foi onde estudou medicina. Eu não ia permitir que ele se safasse com facilidade.

"Você passou informações sobre o pastor e sobre as pessoas do seu grupo da igreja, Rainer?"

"Não."

"Você não estava sozinho. Havia 85 mil funcionários da Stasi em tempo integral e 60 mil colaboradores não oficiais, 110 mil informantes regulares e meio milhão de informantes ocasionais."

Rainer bateu palmas como se estivesse aplaudindo uma ópera.

"Saul", ele disse, "o seu cérebro voltou a ligar."

Fiquei chocado ao saber que em algum momento tinha desligado. Expliquei que eu era historiador. Fiquei imaginando se os meus alunos estavam esperando que eu abrisse a porta da sala e desse uma aula.

"Acho que seu irmão está cuidando da sua licença médica na universidade."

"Tudo bem, desde que ele não esteja dando aula para os meus alunos." Devo ter dado um sorriso, porque os cantos da minha boca tinham virado para cima.

Rainer me contou que sabia de um informante da RDA que tinha delatado um colega que bebeu cervejas demais e criticou as políticas educacionais. Essas eram as histórias que as pessoas conheciam. Mas a minha pergunta a respeito do que seria uma vida normal o interessava. Ele achou que devíamos deixar de fora o aspecto médico e tentar entender o resto.

"Diga, Saul, como você acha que seria uma vida normal?"

Ele começou a responder a própria pergunta. Moradia. Alimento. Trabalho. Saúde.

"Essas coisas não eram suficientes para Luna."

Eu chorava e suava. Qual era o resto? Viver sem medo. Não, isso era impossível. Viver com menos medo, sussurrei para Luna. Viver com mais esperança. Não ser desesperançado o tempo todo. Eu não sabia de onde todas aquelas lágrimas estavam vindo. A vida é chocante. Mas o choque parecia remontar a muito tempo, ao acidente de carro da minha mãe. Aos Estados Unidos. A Berlim Oriental. E depois para a frente e para trás e por todos os lados com a falta que Walter Müller faz. Talvez uma vida normal fosse se acomodar em um bar com Walter e tomar uma cerveja. Eu ainda não conseguia pensar em ter cinquenta e seis anos. Eu não tinha visto o meu rosto no espelho desde o acidente. O espelho estava dentro de mim. Jennifer tinha voltado para o meu lado. Ela comia queijo. Queijo de cabra salgado. Acho que ela tinha dado um pouco para Rainer. Ele segurava um guardanapo de papel. Será que os médicos almoçavam na enfermaria? Eu continuava desconfiado de Rainer.

Depois de um tempo, eu disse aos dois que gostaria de voltar a ver a minha mãe.

"Então talvez você devesse visitá-la." Jennifer agora limpava os dedos no guardanapo que tinha entregado a Rainer.

"Ela está morta."

Ergui os dedos até a cabeça.

"Jennifer, cadê o meu cabelo?"

"Não pense nisso. Visite a sua mãe."

Era o nosso velho jogo. Nós o fazíamos muitas vezes quando ainda nos amávamos. Jennifer vestia uma blusa de seda preta. Um lápis saía do bolso. Senti o cheiro do couro da bolsa dela quando ela tirou um caderno de lá. Couro e seda. Essa era a Jennifer mais velha. O queijo de cabra era mais a cara da Jennifer mais nova, quando ela era vegetariana e fazia curry de batata-doce com Saanvi e conversava sobre o infinito na sauna durante horas a fio enquanto Claudia praticava suas posições de tai chi.

O lápis agora estava firme entre os seus dedos.

"Vejo paralelepípedos e um castelo", eu disse.

"Isso não se parece com Bethnal Green."

"Heidelberg. Uma universidade gótica em uma colina rodeada por uma floresta."

A mão dela não se movia pela página aberta em seu colo.

"É uma das universidades mais antigas que restam no mundo."

A mão dela estava mole e imóvel. Eu queria dar um beijo nela, mas temia que pudesse se afastar.

"Achei que você fosse desenhar, não?"

"Eu não gosto de desenhar construções", ela disse. "Até agora, nunca encontramos a sua mãe."

Toquei na cabeça mais uma vez. E depois, mais uma vez.

"Jennifer, eu estou feio agora?" Ela não respondeu e eu continuava sem conseguir olhar para ela, mas sabia que era a Jennifer verdadeira por causa do ilangue-ilangue que sempre vinha junto com ela. Rainer estava sentado na cadeira de visita ao lado da nova Jennifer mais velha, cujos dedos mais velhos seguravam o lápis, à espera de que eu dissesse algo que a interessasse. Dei uma olhada nos pés dela. Usava sapatos prateados com três tiras prateadas que cruzavam no peito do pé. A ponta do sapato direito tocava a ponta do sapato preto lustroso de Rainer.

Eu me ouvi falando para o lápis de Jennifer, qualquer coisa para fazer com que a ponta da sandália dela se afastasse do sapato de Rainer.

Estou caminhando pelo calçamento de pedra da via principal em Heidelberg. Um homem estendeu um cobertor nas pedras. Ele se senta no cobertor e toca seu violão. Três cachorros dormem a seus pés. Seu violão parece atrair outros cachorros da cidade: vejo os animais se dirigirem para o cobertor. Ele só toca três acordes, mas os cachorros gostam. Eles fecham os olhos, acalmados pela música muito básica do homem.

"Eu também gosto de música básica." Jennifer pareceu bastante alegre, então devo ter parado de deixá-la entediada. Por que ela ficava o tempo todo ao meu lado?

Por favor, digo ao homem que toca violão, pode me dizer onde posso encontrar a minha mãe? Ele balança a cabeça e pede com um sussurro que eu não leve minha própria tristeza para a Alemanha e acorde os cachorros.

"Jennifer, cadê o meu cabelo?"

Eu via sua mão se movendo pela página. Dava tanto trabalho estar envolvido com alguém como Jennifer Moreau. Até do meu leito de enfermo, eu era obrigado a entretê-la.

"Pelo menos passamos do açougue em Bethnal Green", ela disse.

Dei uma olhada no seu caderno. Jennifer tinha desenhado o homem com os cachorros dormindo a seus pés. Ela tinha escrito a lápis: "Deixe os cachorros adormecidos aí". Só que um dos cachorros estava com os olhos abertos.

Meus olhos também estavam abertos. O sapato prateado de Jennifer agora tinha caído do pé direito. Alguém deve ter soltado os fechos das tiras.

Rainer tinha desaparecido. Ele morava em uma sala em algum lugar da parede.

"Mas você não encontrou a sua mãe." Jennifer arrancou a folha do caderno.

"Ah, meu Deus, Jennifer, é verdade que você estava grávida quando voltei de Berlim Oriental?"

Ela colocou o lápis de volta no bolso da blusa de seda preta. "Podemos conversar sobre o que aconteceu quando você voltou da RDA?"

"Podemos, é o que eu quero. Qualquer coisa para me afastar dos cachorros adormecidos em Heidelberg."

5

No final de janeiro de 1989, Jennifer e eu estávamos em um restaurante italiano barato chamado Pollo, na Old Compton Street, no Soho. Estava sempre cheio de alunos da faculdade de arte St. Martins, ali perto, porque oferecia a seus clientes leais pobres uma refeição de três pratos por cinco libras. Jennifer tinha me apresentado ao Pollo quando nos conhecemos. Quando descobrimos *spaghetti vongole* e *penne arrabbiata*, parecia que estávamos com um pé no Mediterrâneo, apesar de ser janeiro e nossos dedos estarem congelados por baixo das luvas. Jennifer estava grávida e disse que o filho era meu. Essa era a primeira vez que nos víamos desde que eu tinha voltado de Berlim Oriental. Ela disse que queria ter o filho, apesar de estar se formando na faculdade de arte com as melhores notas. Ela iria deixar a Grã-Bretanha para fazer sua residência nos Estados Unidos. Eu não tinha me dado conta de como a barriga dela estaria grande com quatro meses de gravidez. Talvez fosse relativo, porque ela geralmente era tão delgada quanto um lápis. Apesar do frio, ela usava um vestido frente única amarelo-claro por baixo de um cardigã grosso, porque era a única coisa que servia nela. Devorou um prato de espaguete à bolonhesa, apesar de supostamente ser vegetariana. Enquanto ela bebia água, virei uma garrafa de vinho tinto e depois pedi mais uma.

"O negócio é o seguinte, Saul Adler: nós nos separamos, por isso vou criar meu filho sem você."

"O negócio é o seguinte, Jennifer Moreau: fico contente em abolir todas as tradições. Estou com os poetas e os hereges e os dissidentes. O corpo é seu e você faz o que quiser com ele."

Aquela foi uma tática de choque, porque eu queria que Jennifer se casasse comigo e que morássemos juntos e criássemos nosso filho juntos, mas achei que ela ia me rejeitar (de novo) se eu proferisse o meu desejo em voz alta. Em vez disso, perguntei se ela queria o meu casaco emprestado.

"Não estou com frio."

Era verdade que estava quente dentro do Pollo. Todo mundo fumava e berrava enquanto os garçons pousavam pratos de massa fumegante nas mesas de fórmica. Um rapaz com cabelo moicano azul apagava o cigarro no abacate que tinha chegado em um prato. Estava recheado com algo cor-de-rosa.

"Aquele é Otto", Jennifer sussurrou. "Ele é um gênio e me ensinou muito." Otto parecia ter uns quinze anos, mas Jennifer disse que ele tinha vinte e três. Ela acenou para ele. Ele retribuiu o aceno e apontou com desprezo para seu coquetel de camarão.

"Quero falar com o chef!", ele gritou por cima das mesas.

Ela me disse que Otto iria ajudá-la a carregar a mala até o aeroporto dali a dez dias.

"Não vá. Por favor, não vá, mas, se for, deixe que eu ajude com as malas. Você nem me deu seu endereço nem seu número de telefone."

Parecia que ela nem tinha me escutado.

Depois de um tempo, ela pediu que eu contasse sobre a minha estadia na RDA.

Não ficou assim tão surpresa quando lhe contei do meu caso com Walter Müller. Escutou durante muito tempo. Enquanto eu falava, uma mulher que esperava liberar uma mesa junto com uma turma de estudantes da faculdade derramou a taça de vinho que Otto tinha entregado a ela sobre o vestido amarelo frente única de Jennifer. O acidente me incentivou a lhe contar sobre ter derramado café na única calça Wrangler de Walter.

"Ele parece ser uma pessoa interessante. Como ele entrou no seu jeans?"

"Com dificuldade."

"O que você acha de ele ter mulher e filha?"

"Ele tem que viver uma vida dupla."

"Você vive uma vida dupla?"

"Não." Sequei a mancha de vinho do seu vestido amarelo com um guardanapo. "Eu sempre fui aberto com você a respeito da minha sexualidade."

Não contei a ela sobre Luna.

Era uma noite limpa e fria de inverno no Soho. Estávamos irritados e confusos, mas não conseguíamos parar de nos tocar. Caminhamos pela Frith Street e, quando eu a abracei pelos ombros, reparei que depois de um tempo seu braço envolveu minha cintura. Ela tinha vinte e quatro anos e estava grávida. Seus lábios eram macios enquanto ela tremia, apesar do cardigã volumoso que Saanvi tinha tricotado para ela. Dessa vez não pedi sua permissão, tirei o casaco e coloquei sobre os seus ombros.

"Sabe, Saul, talvez você seja um bom pai." De repente, estávamos nos beijando na frente do Ronnie Scott's. Um beijo profundo. Naquele beijo tentei transmitir todo o meu amor por ela. Meus olhos estavam abertos, e os dela, fechados; seus cílios, cobertos de rímel azul. Reparei que ela tinha colocado um piercing no nariz nos meses em que havíamos nos separado. Eu não conseguia acreditar que não tinha visto a argolinha dourada que brilhava na sua narina direita quando estávamos juntos no Pollo.

"Você está florescendo", eu disse a ela. "Seu cabelo e seus olhos estão brilhando, e seus seios ficaram mais pesados."

"Eu disse para você nunca descrever o meu corpo para mim nem para qualquer outra pessoa."

Eu tinha esperança que a gravidez fosse me livrar do nosso acordo, mas parecia que não.

Nós nos beijamos de novo e, quando olhei para baixo, havia um mendigo, um homem sentado na calçada com o cachorro dele. Ele tinha uns trinta anos. Um ano mais velho do que eu. Olhou para mim e fez um sinal de positivo. Quando coloquei a mão na barriga de Jennifer, ela a empurrou para longe. Continuamos nos beijando.

"Eu vou ser um bom pai", sussurrei na sua orelha fria.

"É. Mas seria um péssimo marido."

"Não precisamos nos casar."

"Você já é um péssimo namorado."

Quando eu lhe disse que a amava e queria estar com ela quando o bebê nascesse, Jennifer de repente ergueu a mão.

Achei que ia me empurrar para a sarjeta junto com o mendigo, mas estava chamando um táxi.

"É", a Jennifer mais velha disse, "eu sabia que precisava me afastar do seu amor o mais rápido possível."

Os sapatos dela estavam jogados em algum lugar no chão.

"Acho que nenhum de nós dois fazia a mínima ideia."

"É bem provável", ela concordou, mas estava ao telefone. Sua voz era irreconhecível para mim, talvez porque estivesse falando com alguém que amava. "Docinho, se perdeu seu cartão de metrô, pode estar com as suas chaves. Procure em todos os bolsos."

Depois que ela desligou o telefone, perguntei se queria que eu afivelasse todos os fechos do seu sapato. Jennifer recolheu os sapatos prateados e colocou os pés em cima da cama enquanto eu tentava fazer algo normal como afivelar os fechos. Era uma tarefa bem complicada de se realizar com uma sonda no braço.

"Não é que eu não quisesse o seu amor", ela disse de repente. "É mais que eu não sentia."

"Não é verdade", sussurrei. "Eu sei que você sentia."

"Verdade. Era mais que eu queria todo o seu amor, mas isso nunca ia acontecer."

Eu me lembrei do meu retrato na parede do seu quarto. De como ela tinha contornado os meus lábios com canetinha vermelha, três palavras rabiscadas embaixo.

NÃO ME BEIJE.

"Você foi embora com meu filho", lembrei a ela, tentando e não conseguindo enfiar o pino do fecho no buraco do couro.

"Você estava apaixonado por Walter Müller."

Uma enfermeira fazia a ronda na ala. O som de uma cortina de plástico correndo ao redor das camas. Perguntas e respostas sussurradas. Às vezes gemidos de dor ou risadas estoicas.

"O negócio é o seguinte, Jennifer Moreau: você levou nosso filho embora para morar nos Estados Unidos."

"O negócio é o seguinte, Saul Adler: era lá que estava o trabalho. Foi o começo de tudo. Eu tinha acabado de me formar. Como é que eu ia sustentar o meu filho?"

"Podia ter me pedido."

"Você devia ter oferecido."

"Por acaso eu estava presente no nascimento?"

"Não."

O sapato direito dela agora estava mais ou menos afivelado, três tiras prateadas por cima do seu tornozelo.

"O nome do nosso filho é Isaac. Correto?"

"É."

Virei de costas para ela e puxei o lençol branco por cima da cabeça.

O telefone dela começou a tocar de novo. Algo a respeito de a pessoa que ligou ter achado as chaves, mas não o cartão de metrô. Jennifer estava dando risada, mas parecia desesperada. "Coração, por que não pergunta ao seu pai?" Eu não fazia ideia do que estava acontecendo. Era o tipo de amor sobre o qual eu não sabia nada. Toquei nas orelhas como que para fechar todos os portais ao tipo de amor que eu escutava na voz de Jennifer.

6

Um dos espectros que veio me assombrar na Euston Road foi Luna Müller. Ela não tinha forma física, mas dava para sentir que estava por perto. Talvez estivesse com medo de lobos e jaguares e precisasse de companhia. Luna estava sempre um pouco sem fôlego, como se estivesse dançando ou, quem sabe, correndo. Fiquei imaginando se ela tinha vindo para me dizer que tinha conseguido chegar a Liverpool. Será que ela tinha descoberto que Penny Lane ficava na parte da cidade chamada Mossley Hill, que foi onde John e Paul passaram a infância? Ou que Penny Lane se chamava assim por causa de James Penny, um mercador de escravos e dono de navio negreiro que defendeu a escravatura perante o Parlamento britânico? O que Luna da RDA pensava disso, então?

Ela não respondeu, e comecei a me preocupar com o fato de ela sempre estar sem fôlego. Ao mesmo tempo, era reconfortante sentir que ela estava perto de mim às vezes. Apesar da maneira como tínhamos nos separado, eu sentia carinho por ela, mas não queria pensar nisso. Não conseguia parar de pensar nisso. Eu disse em voz alta: "Sinto carinho por ela". Tentei me prender ao homem que dizia isso, mas não tinha certeza se era mesmo eu. Era diferente do outro espectro, especificamente Wolfgang, mas eu estava cansado demais para abrir os olhos para ele. Eu preferia as imagens atrás dos meus olhos, principalmente de Luna, com o cabelo lustroso preso em cima da cabeça. Ela parecia um cisne. Um cisne no Spree.

Seus peitos e quadril eram mais pesados nas novas lembranças que eu criava dela.

Certa noite, quando estava com Luna, cometi o erro de abrir a mente para Wolfgang. A camisa branca dele estava passada e engomada; o colarinho, preso com um único topázio azul em forma de rosa. Talvez fosse azul porque eu olhava para ele. Eu estava todo preto e azul. Meu cabelo era preto e eu estava azul por dentro.

Ele estava ali para me dar alguma informação relativa a Luna. Seus lábios eram finos e estavam secos, e ele os lambia enquanto falava.

"Dizem que você não está mais inconsciente, mas eu não tenho muita certeza. Sua cabeça bateu no felino prateado no capô do meu Jaguar."

Eu queria que ele fosse embora. Luna teria concordado comigo. Ela queria fugir de uma realidade tão racional que chegava a ser um tantinho maluca. Meu irmão e meu pai eram loucamente racionais. Gostavam de apontar seus dedos de macho para julgar. Para mim. Como se eles sempre soubessem o que queriam dizer. Como se sempre soubessem por que e o que e como. Como se sempre falassem de um jeito direto. Como se os pensamentos deles nunca se desfigurassem. O homem que me atropelou começou a me falar do seu carro. Parece que era um Jaguar E-Type antigo, revelado ao mundo pela primeira vez em Genebra, em 1961. Os assentos eram feitos de couro de corça marmorizado. Ele tinha comprado os espelhos laterais em Milão. A direção tinha sido entalhada em madeira. Ele tinha um orgulho enorme de ter conseguido o ornamento do capô, um jaguar dando um salto. A peça não tinha sido originalmente acoplada ao E-Type, mas, infelizmente, não estava mais inteira.

Fechei a mente e o mandei embora. Apesar disso, sabia que ele voltaria, porque eu não queria que voltasse. Alguns dos estilhaços dos espelhos laterais dele comprados em Milão estavam dentro de mim. Eu estava conectado ao Jaguar. Estava na minha cabeça, que estava enfaixada.

Eu tinha recebido uma cumbuca de plástico cheia de abacaxi enlatado da mulher que empurrava o carrinho do almoço. Guardei para Luna.

A enfermeira do turno da noite parecia não se incomodar de eu falar a ela sobre a enfermeira que eu tinha conhecido na RDA, em 1988. Eu lhe disse que Katrin Müller queria ver Penny Lane por conta própria.

"Ela era sua namorada?"

"Não."

"Mas você fala muito dela."

"Estou preocupado com ela. Ela tem um amigo traiçoeiro que lhe ofereceu a oportunidade de fugir."

"O que você acha que aconteceu com ela?"

"Não sei. Ela tinha medo de lobos e de jaguares. Luna é abreviação de lunática." Comecei a chorar. "Ela vivia amedrontada o tempo todo. Não conseguia ver fim naquilo."

Um fragmento de um poema que eu não sabia que conhecia me veio à mente. Declamei em voz alta para a enfermeira da noite.

"*We are the Dead. Short days ago,*
We lived, felt dawn, saw sunset glow,
Loved and were loved..."

Ela assentiu como se eu estivesse agindo com normalidade, coisa que não estava.

"É de John McCrae", eu disse. "Ele era um médico canadense, mas se alistou como atirador na Primeira Guerra Mundial."

A enfermeira da noite me disse que eu estava progredindo. Perguntei a ela se eu iria logo para casa. Ela não sabia dizer, mas, na sua opinião, provavelmente iria quando eu fosse capaz de caminhar e preparar um bule de chá sem a ajuda de ninguém. Numa dessas ocasiões, ela me trouxe uma xícara de chá "fora do horário" e perguntou de Jennifer. Reparei pela primeira vez que seu sotaque era irlandês. Ela enfiou um termômetro na minha boca enquanto a xícara de chá de plástico esfriava na mesa ao lado da minha cama.

"Você sabe que a sua ex está sempre do seu lado? Nós todos comentamos sobre isso."

Ela ficou em silêncio e prestou atenção enquanto tomava o meu pulso.

Tirei o termômetro da boca. "Ela não é minha ex."

"Ah. Bom, então peço desculpa, mas ela me disse que tinha sido sua namorada no passado."

"Estamos muito apaixonados."

"É mesmo?" Ela voltou a colocar o termômetro na minha boca. "Sua ex usa um perfume muito forte."

Tirei o termômetro da boca mais uma vez. "Ilangue-ilangue."

"Pode parar de fazer isso?"

Ela arrancou o termômetro dos meus dedos e me disse que a septicemia estava mais ou menos vencida. A cumbuca de abacaxi estava ao lado da xícara de chá. Um bolor fino e verde se alastrava pelos pedaços.

"Posso jogar isso fora para você?"

Balancei a cabeça.

"Você tem olhos tão azuis, igual ao meu siamês. Boa noite, Saul."

O jeito como ela disse boa-noite. Como se não esperasse me ver pela manhã.

7

Duas das minhas colegas da universidade tinham feito o esforço de me visitar na Euston Road. Fiquei comovido por elas acharem que eu valia a longa viagem de Berlim Oriental. Elas pareciam continuar me tendo em baixa estima. Ou eu falava muito alto ou muito baixo, ou muito rápido ou não rápido o bastante. Dessa vez, meus olhos não estavam oceânicos.

Agradeci às duas pela ajuda com a pesquisa dos movimentos jovens que tinham começado na Renânia como alternativa à Juventude Hitlerista. Minhas colegas me disseram que eram da universidade próxima a Hendon, na região noroeste de Londres. Ficava perto da North Circular e da A41, mas a região central de Londres ficava a apenas trinta minutos de distância pelo trem da Thameslink e pelo metrô da linha Northern. A universidade tinha compromisso com uma política mais ecológica de transporte, por isso elas tinham pegado o trem.

Meus alunos haviam assinado um cartão e contribuído com a compra de um buquê de rosas do supermercado Asda na Edgware Road. O cartão trazia estampado Lênin desfraldando a poderosa bandeira vermelha. Alguém tinha desenhado um colar de pérolas no pescoço dele com canetinha preta. Minhas colegas me falaram do novo vice-reitor de outra universidade em algum lugar da Inglaterra. Parece que ele tinha uma frota de funcionários para levar coca-cola e sushi para a sala dele em uma bandeja. Três toalhinhas de renda branca tinham que ser colocadas na bandeja, uma para o copo de água gelada, uma para o prato de frutas, geralmente uvas e peras, uma para o copo extra para a sua coca-cola. Na hora do chá, por volta das quatro da tarde, a preferência dele, além de um bule de Earl Grey, era por uma variedade de biscoitinhos escoceses, biscoitos de avelã italianos, biscoitinhos ingleses formando um sanduíche com geleia de framboesa, um biscoito champanhe recheado de amêndoas com cobertura de chocolate (ninguém tinha ouvido falar disso antes de sua chegada, mas parece que se chamava casco de gazela) e um único canudo recheado com creme de baunilha. O chá compensava a austeridade do seu almoço e quase deixava a equipe em pânico. Ele possuía um helicóptero privativo, faziam piada, e uma datcha de veraneio perto de Bath Spa, que tinha comprado de um oligarca russo. Muitos dos funcionários acadêmicos se inscreviam para o serviço mais seguro de levar a coca-cola e o sushi para ele, mas ficavam se perguntando se deviam pedir aumento para preparar a bandeja do chá. O humor delas era parecido com o das piadas que eu tinha escutado na Alemanha Oriental.

Depois que elas foram embora, joguei as rosas na lixeira.

Alguém tirou as rosas da lixeira.

Para meu pavor, parecia que meu pai era um homem bondoso. Ele deixava presentinhos ao lado da minha cama. Um pote de sopa. Ele mesmo tinha preparado. O aipo e as batatas tinham sido picados de um jeito tão tosco que eu não conseguia fazer com que nenhum líquido saísse do pote. Um dia, ele deixou uma caixa de caramelos de leite. Segurei a caixa e compreendi que ele tinha se lembrado de que aquele era um dos preferidos da minha infância. Senti uma fraqueza quando segurei o objeto. Apaguei e a caixa caiu da minha mão.

Rainer me disse que era difícil para o meu pai idoso fazer o trajeto até o hospital, mas eu não queria vê-lo. Nem Matt. Ainda assim, Rainer devia ter cedido e permitido que eles fizessem visitas em certos horários. Seus dentes eram muito alinhados e brancos, nem um pouco britânicos, talvez mais alemães. Eu não podia dizer a Matt que tinha tentado visitar nossa mãe em Heidelberg porque ele ia tirar sarro de mim por ter feito aquele tipo de viagem, para começo de conversa. Rainer me aconselhou a dar uma chance ao meu pai, mas eu não queria vê-lo. Eu me sentia traído por ele ter permitido que meu pai manquitolasse pela ala do hospital em diversos momentos. Apesar de Rainer ser um traidor, também era muito bondoso. Assim como Walter.

Fiquei ali deitado nos meus travesseiros pensando na bondade dos homens.

Eu era tratado como uma criança por homens que eram infinitamente bondosos, no entanto, eu tinha quase sessenta anos. O que havia acontecido entre 1930 e 1956? Aqueles anos tinham se perdido para a morfina. Matt trouxe uma fotografia em preto e branco. Era de "nós, meninos" sentados em um par de balanços no quintal da nossa casa de Bethnal Green. Eu tinha doze anos, ele tinha dez. O cabelo dele era loiro, o meu, preto. Ele se chamava Matthew porque era o nome do melhor amigo do meu pai no ensino fundamental. Esse amigo vinha de uma família quacre. De acordo com meu pai, a família de Matthew era sua família "extra" porque eles acreditavam nos valores da solidariedade social e da dignidade humana. Eles enriqueciam sua vida. A mãe de Matthew tinha ensinado meu pai a ler e, estranhamente, a fazer creme de limão. Acho que essa conquista extra, aprendida com sua família extra, fazia meu pai se sentir bacanão. Ele fez creme de limão durante toda a nossa infância. Costumávamos gostar de observar enquanto ele raspava a casca do limão com um descascador de cenoura. Meu irmão, Gordo Matt, também chamado de Matty pela nossa mãe, tinha muito a que se equiparar. Solidariedade social e dignidade humana, só para começar. Na fotografia, ambos

sorríamos, mas não éramos sinceros. Nossa mãe tinha acabado de morrer. Havia um espectro assombrando nossa casa em Bethnal Green, à espreita na cozinha, entre os ovos apodrecidos e os ossos de galinha.
"Você parecia uma menina bonita", Matt disse. "Olhe só seus cílios longos."
Eu me perdi em pensamentos e logo descobri que meu pai também estava ali.
"O papai fez aqueles balanços para nós."
Dei mais uma olhada na foto dos balanços que Matt segurava de maneira tão despudorada embaixo dos meus olhos.

Os balanços iam para a frente e para trás. Nossos sapatos arrastavam no chão. A porta dos fundos da casa em Bethnal Green estava aberta. Logo teríamos de ir para dentro. As roupas da nossa mãe ainda estavam no guarda-roupa. Um par dos seus sapatos se encontrava embaixo da mesa da cozinha. Eu usava o colar de pérolas dela por baixo da camiseta. Matt pulou do balanço. Então me empurrou no meu balanço até eu voar bem alto no ar. Começou a gritar feito um maníaco, querendo que eu pulasse do balanço enquanto estava a quase dois metros de altura. Eu me recusei a pular. Não desceria daquele balanço. Não entraria naquela casa. Pule. Pule. Pule. Seu rosto vermelho. Seus olhos mortos. Sua boca que gritava. Suas mãos grandes. Pule. Pule.
Meu pai entrou no quintal. Os ombros estavam encurvados. O cabelo, sem pentear. As mãos, cobertas de gesso seco. Ele tinha trabalhado o dia todo com sua trolha e sua colher de pedreiro. Matt chutava a parte de trás das minhas pernas toda vez que o balanço ia para o seu lado. Minhas pernas eram finas e delicadas, e ele as detestava. Ao mesmo tempo, ele empurrava o balanço com tanta força que estava soltando das dobradiças. Pule. Pule. Meu pai só ficou olhando. Não velava por

mim, mas era agressivo em sua passividade entre os vasos de gerânios e narcisos. Meu pai olhava para o nada enquanto meu irmão me chutava e me empurrava ao mesmo tempo. Ele me lembrou o guarda perto do lago na RDA. O homem que estava a postos na plataforma de madeira em uma árvore, passivo em sua vigilância agressiva em nome do regime ditatorial. Pule. Pule. Talvez eu precisasse pular para me salvar do balanço que estava prestes a se espatifar no chão. No final, a vizinha precisou intervir. Ela sabia que nós tínhamos acabado de perder a nossa mãe e que o meu pai tinha perdido a mulher. Ela tirou Matt de perto do balanço. Ele lutou contra ela, mas ela o segurou enquanto meu pai observava em silêncio. Desci do balanço e corri para dentro da casa, onde minha mãe não estava mais para me livrar dos meus predadores, os homens que morriam de vergonha da minha beleza bizarra. Será que eu era um deles ou o quê? Meu irmão guardou sua vingança para mais tarde.

Eu me virei para Matt.

"Onde eu estava quando tinha quarenta anos?"

Ele pensou durante um tempo.

"Nós nunca víamos muito você. Às vezes, você mandava um cartão-postal das férias."

"É", meu pai disse em um chiado, "você gostou dos doces em Lisboa e dos museus em Paris."

Matt assumiu as rédeas. "Você nos mandou um cartão-postal da noite estrelada de Van Gogh quando foi a Arles com Claudia."

Olhei para o lado para ver se Jennifer estava ali. Para meu alívio, o único sinal de que ela tinha estado ao meu lado era a folha arrancada do seu desenho dos cachorros adormecidos em Heidelberg. Só que todos os cachorros estavam com os olhos abertos.

Meu pai e meu irmão começaram a listar os países que eu tinha visitado. Matt juntou os selos dos cartões-postais que eu tinha mandado para ele. Ele tinha dois filhos para sustentar e gastava todo seu dinheiro decorando a casa deles na Grã-Bretanha. Seu selo preferido era de Bombaim, mas também gostava dos selos gregos. Eu sabia que estavam se esforçando desesperadamente para evitar mencionar o cartão-postal que eu tinha mandado de Cape Cod, em Massachusetts.

"Daí você ficou meio barrigudo", Matt disse. "Passava mais tempo no seu chalé em Suffolk e começou a plantar dois tipos de tomate."

Agitei os dedos para ele.

"Três."

"É", Matt disse. "O tipo comum, o San Marzano e o grande, lá vai, Cos-to-lu-to Fi-o-ren-ti-no."

Ouvi meu pai dando gargalhadas. "É, aqueles. Você sempre foi o burguês da família, e Matt, o bolchevique."

Continuavam se esforçando para evitar chegar a Cape Cod.

Meu pai deu batidinhas na dentadura.

"E depois tem Jack, claro."

Ergui o braço por cima dos olhos. Onde estava Jack? Havia tanta gente ao meu redor para se assegurar de que eu não fosse embora deste mundo. Jack compreenderia que ninguém tinha pedido minha opinião nessa empreitada.

Meu pai baixou a voz.

"Filho, você comentou que tinha me enterrado em uma caixa de fósforos."

Assenti.

"Acho que estava se lembrando de um caixão muito pequeno."

Sua mão velha se estendeu até a minha mão e a apertou.

Finalmente tínhamos chegado a Cape Cod, Massachusetts.

Depois de um tempo, meu irmão conduziu meu pai para fora.

8

Apesar de espiar Jennifer de vez em quando, eu não olhava de verdade para ela. Havia algo doloroso para descobrir, mas eu já estava dolorido o bastante. Eu tinha sido transferido para um quarto privativo, longe dos uivos angustiados de pacientes idosos com demência. De todo modo, meus próprios uivos me mantinham acordado a noite toda. Jennifer estava ao meu lado no meu novo quarto privativo. Um buquê novo de girassóis se erguia num vaso ao pé da cama. Eu vestia minhas próprias roupas agora, mas ainda não tinha me olhado num espelho. Jennifer tirou o chapéu. Senti o cheiro do ilangue-ilangue e entendi que ela queria cheirar como uma flor para Rainer e não para mim. Ela lia um livro ao meu lado.

Tomei a decisão de olhar para Jennifer. Não tenho bem certeza do que eu queria descobrir. Já olhei muito de soslaio para mulheres, é claro, e minha mãe está paralisada na minha mente na idade em que ela morreu, e já recebi muita atenção de mulheres, mas nunca disse a mim mesmo: agora você vai olhar para uma mulher. Principalmente para uma mulher que eu estava proibido de descrever.

"Quero ver seu rosto, Jennifer."

"Este é o meu rosto."

Quando finalmente olhei para Jennifer, engoli em seco e escondi a cabeça embaixo dos lençóis. Ela de fato tinha outro rosto. Era mais triste e mais suave. Rugas sob os olhos e em volta dos lábios. Seu rosto anguloso tinha mudado para algo mais cheio. Dois pelos brancos brotavam do seu queixo.

Você não é a Jennifer, sussurrei no travesseiro. O espectro de ilangue-ilangue permanecia no ar. Quando levei a mão aos olhos, fiquei observando durante muito tempo e vi que aquela também não era uma mão que eu reconhecia. Quando a levei à barriga, que estava remendada com pontos e tinha um curativo, encontrei dobras de carne onde antes tinha sido lisa. Minha barriga tinha ficado barriguda. Eu queria me pôr a par do meu corpo. Levei minha nova mão mais velha para debaixo da calça e toquei meu pênis, que parecia reconhecível, assim como meus testículos. Meus pelos pubianos também pareciam familiares. Passei a mão pelo peito e senti pelos macios e agradáveis. Toquei os mamilos, o esquerdo e o direito, e então fechei os olhos.

"Jennifer?"

"Sim?"

"Diga mais uma vez, qual é a sua idade?"

"Cinquenta e um."

"Qual é a minha idade?"

"Cinquenta e seis."

Ergui o lençol da cabeça e olhei no fundo dos olhos dela, que não eram mais os olhos da mulher que eu conhecia antes. Toda sua beleza que eu não tinha permissão de descrever, despedaçada no espaço e no tempo.

Ela continuava a ler seu livro.

"O que aconteceu com a nossa juventude, Jennifer?"

Ouvi quando ela virou as páginas.

"Esta é uma boa pergunta, Saul. Quantos anos você acha que tem?"

"Vinte e oito."

"Era a idade que você tinha quando estávamos juntos."

"O que eu fazia naquela época?"

"Estava se preparando para ir para Berlim Oriental."

"Jennifer. Para onde você foi?"

"Como assim? Eu fiz faculdade de arte e depois fui para os Estados Unidos, e depois o meu trabalho me levou para o mundo todo, e depois eu voltei para casa."

"Para Hamilton Terrace?"

"Não. Lá é onde eu morava quando estava na faculdade."

Dei de ombros. "Perdemos tanto tempo, Jennifer."

"Fale por si." Ela virou mais uma página.

"Onde você estava nos Estados Unidos?"

"Você sabe onde."

"Você e eu?"

"Não. Isso foi depois."

"Você disse *nós*."

"É. Eu estava em Cape Cod com o nosso filho."

"Você era tão adorável, Jennifer. Usava sandálias feitas de borracha de pneu. E um quimono com um dragão bordado nas costas."

"É", ela disse, "eu me lembro das sandálias e daquele quimono. E você também, Saul. Seu cabelo preto comprido e sua pele cor de oliva e suas maçãs do rosto e seus lábios. Nós tínhamos um apetite e tanto um pelo outro."

Estendi a minha nova mão mais velha para a nova mão mais velha dela.

"Mas diga uma coisa, Jennifer, por que você recusou quando eu fiz o pedido de casamento? Foi porque sabia que eu me sentia atraído por homens?"

"Não. De jeito nenhum. Eu sei que você gostava de mim também."

"Por que, então?"

"Você sabe por quê."

9

Quando fiz o pedido de casamento a Jennifer, eu estava olhando através da porta do quarto, que de algum modo tinha aberto sozinha enquanto transávamos.

Uma das colegas de seu apartamento, Claudia, tinha acabado de sair da sauna para desligar o bule de chá que fervia na cozinha. Estava nua, a não ser por uma toalha cor-de-rosa enrolada na cabeça. A barriga dela era lisa e bronzeada. Eu estava olhando para ela quando fiz o pedido de casamento a Jennifer. Queria manter todas as opções abertas, mesmo que as palavras que eu dizia supostamente as fechassem. Jennifer também queria manter suas opções abertas. Havia uma carta, um convite para os Estados Unidos com aparência oficial, dobrada entre as páginas do seu passaporte. Ela sabia o valor da arte que estava produzindo para sua exposição de formatura e sabia que aquilo a levaria para longe da Grã-Bretanha e para longe de mim. Por acaso eu queria impedir que sua carreira atingisse esse imenso auge quando ela era tão jovem? Por acaso eu queria mantê-la acorrentada ao meu lado com meu pedido de casamento? Talvez, mas por que fiz questão de ter certeza de que ela estava vendo que eu olhava para Claudia? Eu queria dizer a ela que também tinha olhos. Jennifer sempre olhava para mim através da lente da sua câmera. Eu costumava acordar com os lábios pressionados contra os seus joelhos porque estava deitada em um ângulo estranho com a câmera nas mãos. Houve vezes em que eu fingia dormir e de repente abria os olhos para pegar Jennifer no pulo. Ela estava fazendo carreira de olhar. Para mim.

"Não só para você", a Jennifer mais velha disse. "Eu olhava mais para a minha amiga Saanvi. Foram as minhas fotos dela que me garantiram a residência nos Estados Unidos. Por que não me pergunta que tipo de câmera eu usava naquele tempo?"

"Diga qual era."

"Eu trabalhava com uma Leica M2, absolutamente a melhor na época. Era do meu pai."

"Por que você está aqui comigo, Jennifer?"

"Por que você acha, Saul?"

"Sinceramente, não sei."

"Sabe, sim."

"Diga outra vez."

"Porque você é o pai do meu filho. Isaac morreu nos Estados Unidos quando tinha quatro anos."

"Eu sei. Eu sei que ele morreu. Como aconteceu?"

"Ninguém sabia que ele tinha meningite. Nem o médico. Nem eu. Aconteceu muito rápido. Enterramos nosso filho juntos."

"Ah, Jennifer. Chegue mais perto."

Segurei a mão dela. E lhe dei um beijo. E então coloquei sua mão embaixo da minha camisa, no meu peito, com a minha mão sobre a dela. "De verdade", eu disse, "eu não fazia ideia de como ser o homem que você queria que eu fosse. Eu só comecei a sentir as coisas agora e nem sei em que ano estou." Entrelacei meus novos dedos mais velhos nos novos dedos mais velhos dela. Nós dois sentíamos meus batimentos cardíacos ficando descontrolados. Passamos a noite toda assim, a mão dela no meu peito, perto do meu coração, minha mão sobre a dela, seu cabelo branco caindo no meu rosto. Foi tão reconfortante não ser deixado sozinho à noite com os espectros.

"Você levou o nosso filho para os Estados Unidos", eu de repente berrei. "Você mais ou menos sequestrou o nosso filho."

O sol nascia sobre a Euston Road. Ambos enxergávamos faixas de céu alaranjado através das persianas.

"O negócio é o seguinte, Jennifer Moreau" — minha voz estava surpreendentemente alta —: "Eu não perdoei você."

"Eu também não perdoei você, Saul Adler."

Nossas mãos continuavam entrelaçadas. Falando por mim, eu poderia ter morrido naquele momento.

"Eu não tenho nenhuma lembrança de Isaac. Não consigo enxergar o rosto dele."

"Ele vai voltar."

"Acho que eu não seria capaz de suportar isso."

"Você vai sobreviver."

Olhei no fundo dos seus olhos. Durante muito tempo. Vi que ela tinha sobrevivido, mas estava diferente.

"Fale do ilangue-ilangue."

"É uma flor", ela disse, "e meio que um antidepressivo e um afrodisíaco. Cresce nas florestas da Indonésia e de Java."

Nós dois devíamos ter dormido durante um tempo. É verdade que o rosto do meu filho me voltou. Eu o descrevi para ela, e ela disse: "Isso mesmo. Está certo. Vamos continuar conversando sobre os Estados Unidos?".

Assenti com a minha nova cabeça mais velha que tinha quase sessenta anos.

"Promete que não vai embora?"

"Prometo", ela disse. "Não seria justo, porque você não pode ir embora."

10

Jennifer está com vinte e oito anos, e eu estou com trinta e três. Nosso filho está doente. O ano é 1993. Ele só tem mais uns poucos dias de vida, mas nós ainda não sabemos disso. Tomei o primeiro voo para Boston e depois uma balsa. Um carro está à minha espera no porto de Provincetown. Faz cinco horas que estou com meu filho doente no colo, na casa de madeira em Wellfleet, Cape Cod. É fim de tarde e Jennifer sugere que eu vá tomar um pouco de ar fresco no jardim. Estou deitado embaixo da cerejeira no jardim da casa em Cape Cod. No jardim da casa ao lado há uma mulher, tem talvez uns vinte e seis anos. Está tocando seu violoncelo no deque de madeira. A mesma música, vezes seguidas. É um prazer escutá-la tentando aprender a linguagem daquela música. Ela zune de vida e esperança. A mulher ergue os olhos do instrumento gigantesco, com o arco na mão, as costas bem retas, e me vê deitado embaixo da árvore. Eu aceno; é um aceno bem sem energia. Digo a ela que vou nadar na baía. A maré está alta. Será que ela quer nadar comigo?

Quer, sim. Ela quer nadar comigo. Ela se levanta com a mão apoiada de leve no violoncelo, que parece solitário com a ausência repentina do seu corpo.

Espero até que ela volte a aparecer, sem acreditar que ela vá voltar, mas ela volta. Seu cabelo acobreado brilha ao sol, seus olhos verdes reluzem; ela parece fosforescente feito um vaga-lume ou um musgo capaz de brilhar na escuridão da noite.

Estou delirante de exaustão e estou com medo. Parece que ninguém sabe o que há de errado com meu filho. Ela atravessa a cerca viva que tem um arco entalhado e, quando entra na nossa parte do jardim, para e estremece. Eu me viro para trás, para onde ela está olhando. Jennifer está parada atrás de mim, embaixo da cerejeira. Um vento sopra. As flores caem feito chuva cor-de-rosa.

"É", a Jennifer mais velha disse. "Eu observei vocês dois indo para a baía."

"Eu não sabia o que estava fazendo", sussurrei da minha cama na Euston Road.

A mulher fosforescente com cabelo acobreado pegou a minha mão e entramos na baía rasa com caranguejos pequeninhos e algas boiando. Ela me falava de si mesma. Eu não disse absolutamente nada. Estava contente de não falar do meu filho doente. Ela estava de férias e tinha alugado a casa ao lado. Estava estudando literatura em Harvard e tocava seu violoncelo em uma orquestra. A principal tarefa que tinha para o verão era aprender a música que eu a ouvira ensaiando no jardim. Dali a algumas semanas, tocaria em um concerto em Boston. Ela era liberal e interessante e apreciava a atenção e a companhia do homem que a escutava. Ele tinha todo o tempo do mundo para estar com ela, parecia, para nadar e catar conchinhas e brincar na água rasa e quente. O sol refletia no seu cabelo acobreado brilhante. Deitamos de bruços na água, os ombros encostados, olhando para as ribanceiras de areia e os juncos brancos e as famílias desembalando piqueniques. Era como se ela fosse uma píton venenosa com seus olhos reluzentes e longas pernas bronzeadas, as mãos macias enganosamente fortes, tocando em mim sob o amplo céu americano. Ela tinha acabado de chegar a Wellfleet, Cape Cod, e não sabia nada sobre meu filho, Isaac, que não estava bem e não ia sobreviver, apesar de eu não saber disso na ocasião. Eu apreciava o fato de ela viver em outro tipo de realidade, de livros e de música e dos primeiros dias de férias e de um concerto que a esperava no futuro.

Aquilo era tão diferente da minha própria realidade, porque muito em breve, muito em breve, estaríamos desempenhando os rituais da morte do nosso filho.

"Não", a Jennifer mais velha disse e se sentou ao meu lado, "não, ela não era a píton, não faça dela a coisa que você era. Você era a cobra nos juncos. Você se afastou quando eu mais precisava de você."

"Você era antinecessidade", eu disse com frieza. "Seu negócio era esse, você não precisava de mim."

"Não havia motivo para contar com você." Ela afastou a mão da minha. "Você foi antidependência desde o início."

"O negócio é o seguinte, Jennifer Moreau: foi por isso que você se sentiu atraída por mim em primeiro lugar."

Jennifer jogou uma mecha de cabelo branco por cima do ombro. No escuro, eu era capaz de ver sua beleza, sua postura e sua graça.

"O negócio é o seguinte, Saul Adler: eu tive um filho quando estava com vinte e quatro anos. Isaac passava todos os dias comigo enquanto eu trabalhava. Nós éramos felizes. Nós nos amávamos. Muitas outras pessoas também o amavam. Ele morreu nos meus braços e você estava a dez minutos de distância, mas não estava presente."

O telefone dela apitava. "Não atenda": eu agora estava duro como aço. "Só estamos começando. Estamos indo na direção de algo interessante."

Arranquei o telefone que apitava de sua mão.

"Você levou o nosso filho para os Estados Unidos." Eu berrava mais uma vez.

Ela se levantou e começou a se afastar. A porta estava aberta e eu a via caminhando pelo longo corredor lúgubre na direção da saída. Seus saltos estalavam no piso. "Você meio que sequestrou meu filho", gritei porta afora. "Nós devíamos estar juntos, você sabe que sim."

Jennifer continuou andando.

"Nós estamos ligados." Eu me surpreendi com o volume da minha voz.

Ela se virou e de repente voltou correndo na minha direção com tanta força e intenção que fiquei apavorado.

"Você", ela disse, "não sabe de nada. Nada. Nada. Nada sobre mim e nada sobre você."

Ela soluçava enquanto se inclinava para a frente e dava tapas na minha mão até o telefone dela cair no chão. Quando se abaixou para pegar o aparelho, eu soube, no momento do devaneio — algo que geralmente faço quando as coisas se tornam insuportáveis demais — que Wolfgang tinha pagado pelo meu quarto privativo. Tinha algo a ver com o telefone.

Rainer surgiu do lugar qualquer em que ele vivia nas paredes do hospital. Levou Jennifer para longe da minha cama e a tirou do meu mundo. Ela falava ao telefone sob a luz lúgubre do corredor. Ouvi as pulseiras chacoalhando em seus braços enquanto ela falava. Parecia que estava conversando com um adolescente.

"Se perdeu seu cartão do banco, precisa ir ao banco com seu passaporte para pegar um pouco de dinheiro."

Depois de ficar brincando na água da baía com a mulher de cabelo acobreado, ela me falou sobre a música que estava aprendendo para o concerto. Era uma canção popular escocesa. Ela ensaiava a versão de Nina Simone daquela música para acompanhar o piano com seu violoncelo. Cantou para mim no caminho de volta através dos juncos. O primeiro verso era: "*Black is* *the colour of my true love's hair*".* Naquele dia, quando traí Jennifer embaixo da cerejeira, tinha descoberto uma crueldade terrível dentro de mim. Dei uma olhada nela escorada na parede do corredor com as pulseiras reluzindo no braço.

"Não, não faça isso", Jennifer disse baixinho ao telefone. "Peça algum dinheiro para o seu pai até resolver."

---

* Da canção de mesmo nome. "Preto é a cor do cabelo do meu verdadeiro amor". [N.T.]

II

Wolfgang continuava esperando para falar comigo. Eu sabia que precisava me colocar à sua disposição enquanto ele suspirava atrás do vaso de girassóis. Sua juba de cabelo branco arrepiado teria apavorado Luna. Ele estava parado ao lado da minha cama, com um casaco de pelo de camelo sobre os ombros, as pálpebras tremelicando enquanto proferia meu nome sem emitir nenhum som.
Soorl. Soorl. Soorl.
Ele estava nervoso, e sua vulnerabilidade fez minha bravura aumentar.
"Sim, nós já nos encontramos antes, Wolfgang. Você estava nadando no lago de Erich Honecker."
Eu sabia que ele preferia nadar de costas e que estava exausto de inventar a fenomenologia junto com Husserl e Heidegger.
"Você já se aposentou da direção da universidade?"
"Eu nunca fui diretor de universidade. Eu gerencio vários fundos de investimento."
Silêncio e suspiros de Wolfgang.
O Jaguar dele tinha entrado na minha cabeça na Abbey Road e viajou comigo para Berlim Oriental, mas já estava na cabeça de Luna. Era onde o regime ditatorial queria que o jaguar dela estivesse. Dentro de sua cabeça. À noite, ele ameaçava arrastá-la para longe e castigá-la por seus pensamentos. Eu era capaz de sentir a respiração de Luna muito perto de mim: ela estava nas proximidades. Eu queria reconfortá-la porque

achei que sabia como, mas ela não estava escutando. Ela queria trocar o Spree pelo Mersey e faria qualquer coisa para chegar lá. *Bang. Eu te amo. Rock and roll. Agora você é meu namorado. Ah, se pelo menos você também soubesse dançar*, ela tinha dito, *podíamos tentar um* pas de deux, *que significa "passo para dois".* Com o apoio de alguma outra pessoa que a ajudasse com os levantamentos, ela seria capaz de conquistar mais coisas do que sozinha.

Eu não estava escutando.

Wolfgang remexia com a mão direita no bolso do casaco. Encontrou o que estava procurando. Era um lenço. Um lenço xadrez azul e branco dobrado em um quadrado certinho. Entregou para mim, mas não sei por quê. Ele tem um segredo, sussurrei para Luna, que com toda a certeza estava por perto. Enxuguei os olhos com seu lenço enquanto ele organizava seus pensamentos. Eram pensamentos pesados. Tão pesados que ele baixou a cabeça branca.
"Mas, Soorl."
Onde estava a enfermeira com a minha morfina?
Ele ergueu a cabeça.
"Eu quero falar sobre a maneira como você atravessou a rua. Isso não é para me isentar de culpa nem para dar bronca em você. É outra coisa."
Devolvi o lenço para ele. Ele demorou um pouco para guardar, um processo lento de dar agonia. Deu uma olhada nos sapatos e então ergueu a cabeça para olhar para mim.
"Sim, Wolfgang, você vai me dizer que eu fui descuidado."
Eu via os seus olhos brilhando no escuro.
"Não. Foi uma ação muito deliberada da sua parte. Você não foi descuidado, de jeito nenhum. Aliás, você estava muito concentrado em ser atropelado naquele dia."

Eu lhe disse, com frieza, que o seguro dele iria cobrir o custo dos danos ao carro.

"Mas, e os danos a mim mesmo?"

Ele ergueu o braço direito para apontar para o braço esquerdo embaixo do casaco que estava sobre os ombros.

Estava coberto de gesso até o ombro. Ele se inclinou para a frente para que eu pudesse examinar mais de perto. Seus olhos tremiam porque havia um pequeno corte na ponta de uma de suas pálpebras superiores que tinha sido fechado com pontos, e havia outras cicatrizes, em carne viva e recentes.

Eu me lembrei de Walter esticando os braços de Wolf no lago. A maneira como Wolf nos levou de carro de volta para casa, com apenas uma das mãos na direção, ambos cochichando enquanto eu fingia dormir.

Ele não se importa com a própria vida, então não se importa com a vida dos outros.

Wolfgang estava muito imóvel sobre o piso lustroso do meu quarto privativo de hospital.

Eu ainda escutava Jennifer falando ao telefone. *Black is the colour of my true love's hair.* Ela devia ter escutado aquela música enquanto eu caminhava de volta à casa de madeira.

"O jeito como você atravessou a rua. Quase conseguiu. Sobreviveu porque alguém doou sangue a você."

O rubor fatal estava começando a atacar meu corpo. Eu corava com a ajuda da adrenalina e do sangue de um desconhecido. As veias que se dilatavam nas minhas bochechas diziam a Wolfgang que eu estava morrendo de vergonha. Tentei respirar. Havia um gosto de cobre na minha boca. O acidente da minha mãe e o meu ainda eram um borrão na minha mente, assim como a morte de Isaac, que eu continuava sem conseguir sentir. Queria morrer de vergonha, mas todo mundo insistia em me manter vivo. Eu tinha que viver. Tinha que viver esse momento agora com Wolfgang. Não acho que eu tenha tido uma vida normal desde a morte de Isaac, ou desde o meu encontro com Walter Müller e sua família. Quando atravessei a rua naquele dia, eu era um homem em pedaços.

Eu devia ter dito isso em voz alta.

"Eu era um homem em pedaços."

"É", Wolfgang disse, "eu tenho essa fotografia."

12

Três anos depois de Isaac morrer e Jennifer e eu termos nos separado de verdade, fiz a peregrinação para ver sua primeira exposição individual em uma galeria de Chelsea, em Nova York. Era a noite de abertura e eu não tinha sido convidado. Quando Jack me mandou um recorte de jornal a respeito da mostra, resolvi invadir a exibição fechada. Ele se ofereceu para me acompanhar, mas rejeitei sua companhia.

Minha desculpa foi que se Jennifer Moreau e eu matássemos um ao outro, era melhor não parecer que ele era meu cúmplice.

Jennifer usava um vestido branco comprido. Ela estava com trinta e um anos, e eu com trinta e seis. Meu cabelo ainda era preto e o dela agora era branco. Ela estava feliz naquela noite. Jennifer estava parada à direita da minha maior foto em preto e branco, aos vinte e oitos anos. Ele ocupava a parede toda. Seus lábios estavam levemente abertos. Seu rosto era impassível, frio, desconectado. A imagem parava na sua cintura fina e no começo de seus pelos pubianos. Um tríptico na parede esquerda se intitulava *Um homem em pedaços*. As axilas, os mamilos, os dedos, o pênis, os pés, os lábios, as orelhas. Flutuando no espaço e no tempo. Do lugar em que eu estava no fundo da galeria, escutei Jennifer falar. Ela não mencionou o meu nome uma só vez nem me expôs como o sujeito de seu interrogatório visual. O homem em pedaços tinha olhos mortos. A curadora também fez um discurso. Algo sobre o desfocado no tríptico, o retrato de perfil, a longa exposição e a velocidade de abertura do diafragma e a colocação do sujeito fotografado perto da beirada da folha para que o olhar fosse atraído para ele. As palavras dela eram desfocadas para mim também. Algo a respeito de solidão, amor, juventude, beleza. Quando Jennifer era estudante de arte e trabalhava com pintura a óleo, ela estava sempre à procura de um estúdio com bastante luz. Depois que começou a usar a câmera, praticamente vivia dentro do quarto escuro. Foi lá que ela descobriu que revelar uma fotografia era parecido com ser pintora.

Há um espectro dentro de cada fotografia.

Várias mulheres e vários homens vestidos com elegância a cercavam. Um homem alto pairava por perto. Estava todo vestido de preto. De vez em quando cochichava no ouvido dela ou lhe trazia uma taça de champanhe. Reparei que ele carregava sua bolsa. Quando ela foi levada para a outra extremidade da galeria e ele ficou empacado na extremidade oposta, ergueu o copo para retribuir o aceno dela. Fiquei feliz de não ser ele.

Observei a multidão olhando para as fotografias enquanto eu, o intruso que não tinha sido convidado, também olhava para o meu eu mais novo dormindo naquele apartamento da Hamilton Terrace, na representação de Jennifer, que tinha me proibido de descrevê-la.

Eu estava muito calmo. Estava esperando ser reconhecido, mas ninguém falou comigo. Ninguém disse: "É você?".

A certa altura, peguei três taças de champanhe de uma bandeja de prata e bebi todas em cinco segundos. Ninguém reparou que eu estava presente. Depois de um tempo, afastei-me da multidão e fui me isolar no banheiro masculino. Enquanto eu estava sentado no vaso com o jeans abaixado até os joelhos, uma esferográfica caiu do meu bolso. Peguei a caneta e escrevi na parede do banheiro com letras minúsculas. Quando olhei para as palavras, percebi que estava bêbado.

um homem em pedaços teve aqui

Eu estava cambaleando quando voltei para a exposição. Ninguém nem deu uma olhada no espectro bêbado que assombrava o lugar. Eu já tinha virado dois copos de Guinness em um bar irlandês perto da galeria antes de entrar. Ser tão insignificante e, ainda assim, ser o assunto da mostra de Jennifer foi difícil de engolir. Ao mesmo tempo, eu não entendia que tipo de importância estava procurando. Não queria ser o homem carregando a bolsa dela. Se eu fosse meramente um modelo de artista, por que eu esperaria ser reconhecido, ou mesmo ser elogiado ou receber agradecimentos públicos? Mas nós tínhamos sido amantes. Estávamos íntima e tragicamente conectados um ao outro. Por que eu estava aqui sozinho? Era isso que Jack tinha me perguntado. "Por que você iria sozinho?" Ele tinha oferecido apoio e eu havia rejeitado. Pelo menos ele não podia me ver agora, sem ter sido convidado, cheio de inveja e raiva. Eu estava por todas as paredes, mas meu nome não estava na lista de convidados.

E então ela me viu. Tudo se tornou lento e estranho. Eu era capaz de sentir as batidas do seu coração e sabia que ela era capaz de sentir as minhas. Com seu vestido branco, ela caminhou na minha direção. A multidão se abriu quando ela se dirigiu para onde eu estava. Ela era mortal e eu era mortal e Isaac era mortal (ai, Deus), mas sua arte era imortal e preenchia todas as paredes no salão. Eu sabia que ela considerava a arte em si maior do que eu mesmo e maior do que ela mesma, mas não estava interessado em arte. Agora ela estava na minha frente, tudo ficou silencioso e nauseante e imóvel. Eu era capaz de escutar sua respiração e a vi (mais uma vez) parada no batente logo depois de me expulsar do seu apartamento,

com a câmera nas mãos. *Adeus, Saul. Você será para sempre minha musa.*
    Meu corpo todo tremia.
    "Oi, Saul. O que você está fazendo aqui?"
    "Já estou aqui, Jennifer." Apontei para as fotografias na parede.
    Olhei para cima e vi outra imagem. Era a fotografia em que eu estava atravessando a Abbey Road quando tinha vinte e oito anos.
    "Esta foto pertence à Luna."
    "Bom, você pode ter dado uma cópia para Luna, mas eu tirei a fotografia." Ela deu risada na minha cara. "Aliás", ela disse, "carreguei uma escadinha por mais de um quilômetro até a Abbey Road, para tirar a fotografia."
    A curadora que tinha feito o discurso de repente apareceu ao seu lado.
    Era a protetora de Jennifer, seu cão de guarda. Suponho que houvesse muito dinheiro em jogo nas fotografias.
    Colocou a mão no braço de Jennifer e me convidou para olhar de novo para as paredes. Dessa vez reparei que havia outras fotografias.
    Tantas fotografias.
    Jennifer parada de perfil, nua e grávida à porta da casa de madeira; Isaac sentado na areia da baía de Wellfleet, enfiando o pezinho na areia; Isaac dormindo à sombra da mãe que tirava a fotografia, como se tivesse retornado a seu útero; os punhos novos, porém antigos, do nosso filho erguidos até as orelhas num surto de raiva; a cerejeira no jardim com suas flores abundantes e, embaixo dela, um trenzinho de madeira de brinquedo; um violoncelo abandonado em um terraço ensolarado; um sapatinho enfeitado com conchinhas da baía de Wellfleet e, quando olhei mais de perto, vi que as conchinhas formavam a primeira letra do nome de Isaac, *I*, e depois o mesmo *I* escrito com pedras na areia da praia. A maré tinha subido e

o *I* escorregava para dentro do mar; outro *I* desenhado com um graveto na areia das encostas da praia Marconi, uma única vogal sendo bicada por uma gaivota, porque sentiu uma minhoca à espreita por baixo da areia onde o *I* tinha sido escrito.

Jennifer Moreau apontou para as paredes.

"O assunto não é você. O assunto sou eu."

13

Wolfgang parecia agitado e animado. Sua pálpebra danificada tremia. Usava uma colônia que tinha cheiro de couro — talvez o couro de corsa marmorizado de seu Jaguar agora extinto.

"Eu tenho aquela fotografia", ele sussurrou mais uma vez com sua voz aristocrática e contida.

"É uma das minhas aquisições mais adoradas."

"Ela nunca me perguntou." Eu era capaz de sentir algum tipo de dor física retornando a todo o meu corpo. "Ela me rejeitou o tempo todo, mas queria me possuir."

Ele esperou com paciência enquanto a enfermeira irlandesa aplicava minha morfina.

"Eu vi você antes de vê-lo na Abbey Road." Wolfgang tocou a garganta com a mão que não estava engessada. "Eu tenho uma obra de Jennifer Moreau."

Engoli a morfina com gratidão no meu novo quarto privativo enquanto a enfermeira fingia olhar fixo para a parede. Eu sabia que ela ainda assim estava me observando, do mesmo jeito que a mulher que deu uma couve-flor para Walter no dia em que cheguei à RDA. Ela também olhava para outro lugar enquanto me examinava com intensidade.

"Ouvi dizer que vou para casa daqui a uma semana?"

Ela assentiu sem prestar atenção.

Wolfgang estava ficando cada vez mais nervoso. Andava de um lado para outro com seus sapatos lustrosos de quem trabalha em banco, suspirando e rangendo os dentes.

"Wolf, posso lhe fazer uma pergunta?"
"Pode, Soorl."
"Você e eu alguma vez plantamos tomates juntos?"
Ele balançou a cabeça. "Não sou do tipo que faz jardinagem."
"Também não acho que ele seja do tipo que faz jardinagem."
"Quem é 'ele'?"
"Não sei. Está se mantendo afastado. Ficando longe."
A dor física tinha desaparecido com a morfina. Mesmo assim, eu chorava.
Wolfgang deu um passo à frente com mais uma pergunta.
"Você tem família?"
"Tenho. Um irmão."
Ele pareceu agitado ao ouvir essa notícia. Ocorreu-me que ele achou que eu podia estar morrendo. Enxuguei os olhos com o lençol. Wolfgang me ofereceu o lenço mais uma vez, mas me recusei a aceitar. Depois de um tempo, expliquei que meu irmão era meu parente mais próximo.
"Ele é um brutalhão", eu disse. "Vai correr atrás das suas casas e das suas ações e de todas as suas aquisições."
Eu não lhe disse que meu pai tinha criado a mim e a meu irmão no espírito do socialismo. Era para termos princípios elevados e nunca explorar ninguém para enriquecer.
Wolfgang ergueu a cabeça e olhou para o teto.
"Imagino", ele disse, "que, quando você atravessou a rua, eu vi um momento de desespero."
"Suponho que sim."
Nós dois sabíamos que ele estava falando ao telefone quando me atropelou. Acho que estava esperando que eu fizesse essa observação. Ficou lá parado em silêncio, feito um animal grisalho ferido, observando enquanto eu chorava, temeroso de que minha família o processasse. Agora ele estava tentando barganhar meu desespero pelo meu silêncio. Quando finalmente aceitei o lenço, disse a ele que não era da

minha natureza apontar o dedo. Era o lado melhor do meu descuido. Ele pareceu aliviado e me disse para ficar com o lenço. Não, eu não queria ficar com aquilo. Disse a ele que ficasse com suas posses e aquisições. Para começo de conversa, eu estava com o Jaguar dele dentro da cabeça. O espelho lateral, pelo qual ele tinha vislumbrado o homem em pedaços atravessando a rua, tinha se despedaçado. Mil e um estilhaços de vidro flutuavam dentro da minha cabeça.

Eu tinha olhado para o meu reflexo no espelho lateral, e o meu reflexo tinha caído para dentro de mim. Não era apenas o meu baço que preocupava Rainer. Parece que eu seria alimentado, mais tarde naquele mesmo dia, por meio de alguns tubos que seriam colocados nas minhas narinas. Será que eu devia comer um dos girassóis? Era uma pergunta que eu queria fazer ao meu amigo Jack. Afinal de contas, ele estava sempre com fome, principalmente depois de um dia passado no jardim. Às vezes eu temia que Rainer, assim como a enfermeira da noite, esperassem não me ver mais pela manhã. Onde eles acham que eu estaria? Oferecendo meus beijos a Jack feito moedas em troca do trabalho dele?

14

Olhei no espelho pela primeira vez desde o acidente. *Vai se foder, eu te odeio*, eu disse para o homem de meia-idade que, por sua vez, olhava para mim. O cabelo tinha sido raspado. Ele era uma caveira. Os olhos, um choque de azul em seu rosto pálido. Ele tinha maçãs do rosto altas. Um corte na bochecha e no lábio. As sobrancelhas eram grisalhas. Para onde você foi, Saul? Toda aquela beleza despedaçada. Quem você era? Que línguas você fala? Você é filho e irmão e pai? Você é uma aquisição? Você se dá bem com as suas colegas mulheres? Para que elas servem, do seu ponto de vista? Para que você serve, do ponto de vista delas? Você está disponível para fazer algo por elas? Ou elas estão disponíveis para fazer algo por você? Será que elas são um banho de água fria nas suas ambições ou será que você é um banho de água fria nas delas? De que maneira vocês se frustram, se opõem, tiram dos trilhos ou dão apoio uns aos outros? Em que partido você vota? Você é um bom historiador? Alguma vez você jogou futebol? Críquete? Pingue-pongue? Você tem curiosidade em relação a outras pessoas? Ou será que você caminha pelas beiradas da vida, indiferente, afastado, remoto, atormentado pela afeição que os seres humanos parecem sentir uns pelos outros? Será que outros homens têm inveja de você? Você é amável? Já foi amado? *Sim, eu já fui amado e eu sou amável*, eu disse ao homem no espelho, *eu sou todas essas coisas que sou e sou e preciso saber o que aconteceu com Walter Müller*.

"Você sabe o que aconteceu com Walter Müller."

Jennifer lia um livro ao meu lado. Seu cabelo tinha se tornado preto-azulado com a luz. Ela flutuava feito células sob um microscópio ao apertar o livro contra a curva dos seios. "Você esteve com ele no seu aniversário de trinta anos."

15

Um barbeiro turco está fazendo a minha barba em Berlim Ocidental. É janeiro de 1990 e a neve cai. O Muro, que no passado dividiu o país em dois, agora é vendido em pedaços como suvenir para turistas. O barbeiro joga uma toalha por cima dos meus ombros, inclina a minha cabeça para trás, passa um pincel de espuma nas minhas bochechas, no meu maxilar e embaixo do meu queixo. Minhas orelhas se enchem de espuma também. Ele pega um barbeador, solta o parafuso da lâmina e coloca uma nova, prateada e afiada. Põe a mão na minha cabeça e ataca com a lâmina, começando em algum lugar perto da minha orelha, descendo pelas minhas bochechas, inclinando a minha cabeça, manobrando a lâmina embaixo do meu pescoço, limpando a espuma no pulso. Seu dedo segura as minhas narinas quando ele passa para o meu lábio superior. Abro a boca. Walter não respondeu aos meus telefonemas ou às minhas cartas, nem sua mãe, nem seus colegas na universidade, então é surpresa ele finalmente ter feito contato comigo. O rádio está ligado. O barbeiro pega a minha cabeça e a empurra para dentro de uma bacia. Lava meu cabelo com xampu e enxagua com o chuveirinho da torneira, puxa a minha cabeça para cima, joga uma toalha por cima. Massageia minha testa. Apara minhas sobrancelhas com a ajuda de um pente e uma tesoura. Espalha creme na palma das mãos e hidrata meu rosto. Foi assim que me preparei para o meu almoço com Walter Müller. Mesmo depois da barbearia, eu ainda tinha duas horas para matar.

Para passar o tempo, caminhei até o prédio alto em Mitte para olhar mais uma vez para o relevo de cobre do astronauta chamado *O homem supera o espaço e o tempo*. Ele era jovem, nobre e determinado. Se tomasse uma decisão, seria capaz de orbitar a Terra e enganar a gravidade, mas, ao mesmo tempo, estava paralisado, fixado no passado. O tempo passava muito devagar. O tempo se arrastava. O ar frio esfolava meu rosto recém-barbeado. Conversei com um senhor de idade que tomava sopa, comprada de um carrinho estacionado na calçada. Ele me disse que tinha passado a maior parte da vida no Leste. Desde a reunificação, era cada um por si. Ninguém se importava com o fato de que os membros de sua família tinham perdido o emprego. Ele não tinha dinheiro para viajar nem condições de fazer compras nos supermercados com bom estoque do Oeste. Se dependesse dele, construiria o Muro de novo, só que doze metros mais alto. Dei uma olhada no meu relógio de pulso. O tempo finalmente tinha avançado aos trancos e barrancos. Tomei um táxi para o número 58 da Kurfürstenstraße, onde eu tinha combinado de encontrar Walter no Café Einstein, um antigo café e restaurante vienense, e deixei meu companheiro na neve terminando sua sopa de carnes e legumes fermentados.

Quando Walter finalmente entrou pelas portas do Café Einstein, vinte minutos atrasado, usava o sobretudo cinza que tinha vestido para me encontrar na estação dois anos antes. Seu cabelo estava bem curto, ele estava mais magro, sorria, estava com pressa. Parecia estar pedindo desculpas ao remexer nas luvas molhadas. Eu me levantei e ele me deu um beijo na boca, de leve, despreocupado, como se fosse um dia de verão e a neve não estivesse caindo. Parecia distraído e se recusou a sentar.

"Você ainda tem seu cabelo", ele disse em inglês.

Ele sabia que eu tinha reservado essa mesa com três semanas de antecedência ao nosso encontro. Estava agitado e ficava olhando para o relógio de pulso.

"Por favor, sente-se, Walter. Posso lhe oferecer um café? Uma cerveja? O almoço?"

"Não, nada mesmo. Preciso ir embora logo."

Eu estava magoado e decepcionado. Quando o garçom passou pela nossa mesa, pedi dois *espressos*. Walter finalmente se sentou.

Perguntei a ele como estava a vida agora que a fronteira estava aberta.

"Sinto falta das festas", Walter disse. "Tínhamos muitas festas no Leste. No geral, a vida está melhor."

Ele colocou um cubo de açúcar no café e mexeu com a colherzinha minúscula prateada durante muito tempo. A colher raspava contra a porcelana enquanto ele mexia, mexia e mexia. O astronauta no relevo em Mitte teria ido de Júpiter a Marte quando Walter finalmente ergueu a xícara até os lábios.

Ele disse ter a sensação de que estava entrando em pânico todos os dias. Era difícil ganhar a vida como tradutor, pagar o novo aluguel e as novas contas. Colocou os óculos e por fim olhou mais diretamente nos meus olhos. O café parecia tê-lo deixado animado. Meu tema de estudo era a Europa do Leste comunista, mas eu não sabia falar as línguas. Ele sabia falar todas as línguas do Leste Europeu. Ele se destacava e era inteligente, mas não achava que fosse. Acenei para o garçom e pedi mais um café para Walter. Ele me disse que gostava dos cubos de açúcar na cumbuquinha prateada, brancos e amarelo-claros. Pedi-lhe que falasse aquilo em polonês e tcheco.

"Falar o quê?"

"Cubos de açúcar, brancos e amarelo-claros."

Ele encontrou as palavras e a neve caía no teto dos táxis estacionados na rua. Disse-me que ainda não sabia se achar em

Berlim e precisava pedir informações. Parecia mais triste sem o cabelo comprido brilhoso.

Convidei-o a ir a Londres para falar aos meus alunos sobre ter sido criado na RDA.

Walter não pareceu nem interessado, nem desinteressado. Fiquei imaginando se ele me respeitava como historiador, ou mesmo como amigo. Ele deu uma olhada na bandeja que o garçom carregava por cima do ombro para uma mesa próxima. Estava carregada de schnitzel e salada de batata e duas taças de champanhe da cor de narcisos de primavera.

"Posso pedir isso para nós", eu disse. "Por favor, almoce comigo." Estendi a mão para pegar a dele. Ele sempre retribuía um gesto de carinho e dessa vez não foi diferente. Aquele pequeno momento de intimidade me deu mais coragem.

"Conte para mim o que aconteceu, Walter, depois que nos despedimos na Alexanderplatz." Fazia dois anos que eu me atormentava com a visão daquela perua parando na calçada ao seu lado. Como ele não tinha respondido às minhas tentativas de entrar em contato com ele, concluí que devia ter sido empurrado para dentro dela por homens cinzentos que não sorriam. Eles o teriam intimidado com armas e cassetetes de borracha. Teria sido interrogado porque entreguei a Rainer, que era informante, uma quantia de dinheiro substancial para ajudá-lo a fugir. No entanto, eu não tinha perguntado a Walter se ele queria ir embora.

"A fronteira foi aberta desde que nos despedimos", ele disse. "Mas, naquela tarde, acho que comi uma linguiça bem gostosa."

Ele não estava dando risada. Walter costumava dar muita risada. Que risada tão sexy. Quando nossos joelhos se tocaram embaixo da mesa, ele olhou para o relógio de pulso mais uma vez.

"Acho que você não comeu linguiça naquela tarde", falei. "Você me disse que tinha aulas marcadas para ensinar inglês a homens e mulheres que tinham bons empregos, mas iam partir para construir o socialismo em outros lugares, incluindo a Etiópia."

"Correto. Não foi linguiça. Foi um bolinho."

Perguntei por que ele tinha demorado tanto para entrar em contato comigo.

"Tivemos que nos mudar para outro apartamento", ele disse, como se aquilo explicasse tudo.

Uma mulher entrou no Café Einstein empurrando um carrinho de bebê e segurando a mão de uma menina que talvez tivesse três anos de idade. Disseram-lhe que deixasse o carrinho do lado de fora, e com isso Walter se levantou e foi até ela para ajudar. Ele pegou no colo o bebê que dormia no carrinho e então apontou para mim. A mulher e a filha vieram até a minha mesa. Ela tinha uns trinta anos e seu cabelo era loiro, curto e arrumado, assim como o da filha. O cabelo das duas tinha sido cortado exatamente no mesmo estilo, curto atrás e dos lados, com uma franja comprida. Neve derretia no casaco delas. Havia gente em seu caminho. Cadeiras precisaram ser movidas, mesas rearranjadas, conversas interrompidas enquanto ela pegava a filha no colo e a balançava sobre a cabeça dos clientes que saboreavam seus pratos de carne de porco. Seus pequenos olhos castanhos eram reluzentes. Tinha uma pinta em cima do lábio.

"*Hallo*", ela disse, "eu me chamo Helga. Sou esposa de Walter. E esta é nossa filha, Hannah."

Eu tinha reservado uma mesa para dois. Agora éramos quatro, porque Walter abria caminho através do restaurante lotado com um bebê deitado no ombro. Com a ajuda do garçom, precisamos providenciar uma mesa maior. Walter entregou a criança menor a Helga e se afastou para pendurar os casacos. Eles eram uma família. A mulher dele vestia um blusão com gola polo, jeans e tênis. As mulheres que comiam no Einstein usavam cardigãs de caxemira e botas de couro.

"Este é o nosso filho, Karl Thomas", ela disse, fazendo um gesto para que Hannah se sentasse ao seu lado.

"Eu sou o Saul", eu disse à filha de Walter. "Qual é a idade do bebê?"

Hannah me disse em alemão que ele tinha sete meses.

Quando Walter voltou, pedi três cervejas e um chocolate quente para a menina. Karl Thomas chupava os dedos quando Helga o devolveu a Walter. Hannah tirou as luvas. Walter estava envolvido com os três botões de cima do macacão de neve do bebê. Helga remexeu dentro da bolsa em busca de um brinquedo para Hannah. Aquilo era bem chato. Estavam discutindo como alimentar Karl Thomas. Walter estava usando um guardanapo para limpar o bico de uma mamadeira cheia de leite. Suas mãos eram gentis enquanto ele tentava colocar o bico por entre os lábios do filho. Hannah jogou os talheres no chão. Com muita calma, Helga disse a ela que os recolhesse. A filha se recusou. Era uma chatice estar ali com todos eles. Helga gritou com ela e Hannah começou a chorar. Helga encontrou uma caixa de giz de cera e papel na bolsa e sugeriu que a filha se sentasse em seu colo. Hannah balançou a cabeça e se enfiou embaixo da mesa. Toda a conversa tinha cessado. Era como se a família fosse um organismo, cada parte dependente da outra para sobreviver aos próximos dois minutos. Não pareciam entediados ou felizes ou infelizes. Helga agora tinha convencido a filha a sair de debaixo da mesa. A pequena vitória pareceu deixar todos felizes.

Eu me virei para Walter. "Como vai a sua irmã?"

Era a segunda pergunta que eu estava mais nervoso para fazer ao meu amante da Alemanha Oriental. Eu ainda não sabia se Luna tinha contado ao irmão sobre a nossa noite juntos na datcha.

Walter olhava nos olhos de Karl Thomas enquanto lhe dava de mamar. Sorria enquanto o bebê engolia o leite. Foi Helga que respondeu à minha pergunta.

"Não sabemos se Luna está viva ou morta."

Ela colocou Hannah no colo e começou a desenhar um gato com um giz de cera verde.

"O que aconteceu com Luna?"

"Ela fugiu um mês antes de abrirem a fronteira."

Os olhos deles estavam em cima de mim. Seis pares de olhos. Meu hálito estava amargo de tanto tomar café.

"Mas ela não entrou em contato com vocês?"

"Não tivemos notícias dela."

Helga agora desenhava bigodes no gato. Hannah, que estava com um giz de cera cor de laranja na mão, acrescentou um rabo comprido encurvado. As cervejas e o chocolate quente tinham chegado.

"Walter, preciso conversar com você a sós."

"Certo", ele disse, "mas eu estava a fim de tomar minha cerveja."

Ele tinha entregado o bebê a Helga, e isso significava que Hannah teve que sair do seu colo. Quando ela começou a urrar, eu o empurrei para longe da mulher, da cerveja e dos filhos.

Nos sentamos nos degraus do Café Einstein, na neve. Ele me ofereceu um cigarro, mas eu tinha algo a lhe dizer antes que pudesse fumar. Acendi o cigarro dele com o meu Zippo.

"Sinto muito, Walter, por ter sido tão tolo com Rainer."

"Sim, aquilo foi um descuido", Walter respondeu.

Meu rosto recém-barbeado ardia. Parecia um fogo na neve.

"Eu também fiz coisas de que me arrependo", ele disse.

"Que tipo de coisas?"

Ele ficou olhando para a ponta brilhante de sua nova marca de cigarro e não respondeu.

"Walter, precisamos encontrar Luna. Você acha que ela chegou ao Ocidente?"

"Por enquanto, precisamos viver sem saber."

"Isso deve ser muito difícil."

"É, sim. É mais difícil para a minha mãe."

Ele deu uma olhada no meu rosto corado.

"Ela teria ido embora de qualquer jeito. Sem a sua intervenção. Rainer já sabia que ela queria ir embora."

Fumamos e olhamos para a neve.

"Ela vai estar em Liverpool", declamei com grande certeza. "Acredito que esteja lá porque a vontade dela era tão ferina."

Os óculos de Walter estavam cobertos de cristais de neve.

"Existe uma razão muito boa para ela entrar em contato", ele disse.

"E qual é?"

"Karl Thomas."

Ele me disse que Karl Thomas era filho de Luna. Quando ele estava com quatro meses, ela tinha deixado o bebê para passar o dia com sua mãe e nunca mais voltou.

Luna é abreviação de lunática, pensei, mas não disse em voz alta. Que tipo de mulher trai o próprio filho dessa maneira? Ele sentiria a falta dela todos os dias, veria a mãe em todo lugar, ficaria imaginando o que fez de errado para fazer a mãe desaparecer, perguntaria a si mesmo se a culpa era dele, ela não gostava dele o suficiente para ficar por perto? Eu estava furioso com Luna, por isso perguntei de Rainer.

"Ninguém sabe o que aconteceu com Rainer também. Ele era uma pessoa que tinha informações e contatos para quem desejasse fugir da república. Mas, naquele mês de outubro, ele desapareceu junto com Luna."

Dava para sentir o rubor se espalhando pelo meu peito e subindo pelo meu pescoço.

Walter reparou e deu risada.

"Nunca contei a você da minha mulher e da minha filha." Ele apertou os olhos contra a neve que caía.

"Por mim, tudo bem. Você precisava tomar suas próprias providências."

Dessa vez, aceitei um cigarro.

"Walter, eu também sou pai. Eu tenho um filho."

Ele pareceu sobressaltado, surpreso de verdade. Ergueu a mão direita, passou no cabelo e então bateu a neve das botas.

"Qual é o nome dele?"

"Isaac."

"E onde ele está agora?"

"Nos Estados Unidos, com a mãe."

"Por que você não me contou isso primeiro? Antes de qualquer outra coisa?"

"Estou separado da mãe dele. Ela foi embora com o nosso filho."

"Sinto muito." Ele bateu a mão na minha coxa.

De repente percebi que estava faminto. Não tinha tomado café da manhã nem almoçado. Me sentia tonto e com calor e com frio na neve.

"Walter, você tem liberdade para viajar agora. Talvez em agosto possa vir me encontrar no chalé que comprei em Suffolk. Por que não monta seu apiário no meu jardim? Eu estou solitário e você está solitário."

Walter deu risada mais uma vez. Era como se ele tivesse se transformado no velho Walter da velha Alemanha. Isso me incentivou a falar mais sobre o tipo de vida que poderíamos levar juntos, coisa que fiz, com algum detalhe.

Ele colocou o braço de leve em volta dos meus ombros.

"Onde estarão meus filhos quando eu ficar com você nesse lugar em Suffolk em agosto?"

"Estarão com Helga."

"Helga é engenheira. Ela ganha o dinheiro para sustentar a nossa família."

"Eu vou pagar a sua viagem", insisti.

"Isaac vai estar com você nessa casa em Suffolk?"

Expliquei que ele morava com Jennifer nos Estados Unidos e que eu iria vê-lo nas férias de verão.

"Mas as férias de verão são em agosto. Seria melhor para você fazer um apiário com o seu filho."

Ele se ergueu de um salto dos degraus com algo de sua antiga energia. Parecia ansioso para retornar à cerveja. Fui atrás dele. Helga tinha terminado a cerveja dela e bebido metade da minha. Hannah agora brincava com seis botões vermelhos enfiados em um cordão. Karl Thomas dormia no colo de Helga. Alguém bateu no meu ombro. Era o garçom trazendo a conta. Enquanto a família vestia os casacos e os gorros e as luvas, Helga cutucou meu braço.

"Se quiser, pode nos dar algum dinheiro para ajudar com Karl Thomas."

Ela deu uma olhada na minha camisa de linho azul e, como não respondi, fez uma coisa estranha com os braços. Colocou ambas as mãos atrás das costas, com as palmas unidas como se estivesse rezando, os dedos apontando para o lustre.

"É minha nova posição de ioga", ela disse.

Walter parecia envergonhado enquanto fechava o zíper do casaco de Hannah. Era difícil acreditar que ele tinha sido o homem que havia me beijado na floresta quando estávamos agachados embaixo dos galhos de uma árvore, ou o homem que tinha me embebedado com aguardente e depois preparado o jantar, nu, dando risada e coquete.

"Ei, Saul, isto é para você." Ele pôs um envelope pardo na minha mão. "Encontrei no apartamento da minha mãe."

Estava endereçado a mim com a letra de Jennifer e ainda tinha os selos ingleses alinhados no canto superior direito. Os dois foram embora juntos, Helga de mãos vazias, fosse lá qual fosse a posição de suas mãos. De certo modo, foi um alívio ficar sozinho mais uma vez.

Eu me sentei à mesa com suas três cadeiras vazias e abri o envelope. Dentro dele havia a foto que eu tinha dado a Luna em que eu vestia um terno branco e atravessava a Abbey Road em 1988. Tinha sido rasgada com selvageria em dois pedaços. Compreendi que era a vingança de Luna por eu ter esmagado seu precioso álbum *Abbey Road* embaixo das minhas botas. De certa maneira, era justo, mas foi um choque me ver despedaçado. Minhas bochechas ainda estavam sensíveis depois da lâmina afiada do barbeiro turco.

Quando voltei a pôr os pedaços da fotografia dentro do envelope, percebi que havia algo mais dentro dele. Uma folha de papel fina dobrada ao meio. O papel estava coberto de palavras datilografadas, algumas riscadas. À primeira vista, parecia uma entrevista entre Walter e mais alguém. O assunto da conversa era a carta que eu tinha lhe escrito na Alemanha Oriental, declarando meu amor por ele.

> Por favor, Herr Müller, queremos saber mais a respeito do seu amigo inglês, Saul Adler. Pode nos ajudar?

> Posso.

> Qual é o significado desta linha aqui? Nesta carta que ele escreveu para você.

> As palavras significam colocar a palma da mão ou a ponta dos dedos na barriga de seu correspondente para entender melhor como ele está se sentindo.

> E qual é o sentimento?

> Amizade.

> Por que um homem colocaria a mão na barriga de outro homem para compreender melhor um sentimento?

Você vai ter que interrogar a mão.

Você teve relações sexuais com o seu amigo inglês Saul Adler?

Se está me perguntando se tenho planos de deixar o Leste e ir viver em outro lugar, não tenho planos de ir embora.

Qual é o significado desta frase aqui que se refere ao mar Báltico no inverno?

As palavras significam que o correspondente deseja ver o mar Báltico no inverno.

E será mar Báltico um código para alguma outra coisa neste contexto?

Você vai ter que interrogar o mar Báltico.

Não, vamos interrogar a sua irmã em vez disso. Acreditamos que ela esteja grávida do filho de Herr Adler. Esta é a sua compreensão também?

Você vai ter que interrogar o pênis dele.

Fiquei lá sozinho com as toalhas de mesa de linho branco e os talheres prateados, observando a neve cair do lado de fora da janela. Mais do que tudo, eu queria ir embora da Terra e me juntar ao astronauta em sua missão de caminhar pela superfície da Lua.

A Jennifer mais velha estava ao meu lado, como prometeu que estaria.
"Então, o que você fez em seguida?"
"Saí do Café Einstein e comprei um kebab."

16

Naquela noite, um vento quente soprou as flores da cerejeira em Massachusetts e as levou até a Abbey Road, em Londres.
Eu ouvi Luna cantar "Penny Lane" na chuva cor-de-rosa.

17

Uma mulher desarrumada e de aparência comum estava sentada em uma cadeira ao lado da cama no meu novo quarto privativo de hospital. Ela comia um iogurte sabor cereja de um potinho de plástico.

"Oi, Helga", eu disse. "Gostou da sua aula de ioga em Berlim?"

"Eu não sou Helga, sou Tessa", ela respondeu. "Sua cunhada. Mulher de Matt."

"Não, você é a mulher falsa de Walter."

"Não. Sou a mulher de verdade do seu irmão."

"Ah, está tudo voltando para mim agora." Abanei as mãos como se de algum modo o gesto pudesse levá-la embora do meu mundo por magia, mas ela nem se mexeu.

"Eu tive que vir aqui da Birmingham New Street, tinha que dar aula hoje."

"Fico contente de você poder viajar com liberdade agora, Helga."

"Eu sou Tessa. E os trens não são de graça. Dou aula para crianças com necessidades especiais."

"Isso somos todos nós, com necessidade especiais", eu disse.

"De certo modo, é, sim."

Ela abriu uma bolsa feia cinzenta e pegou uma laranja.

"É de Cuba?"

"O que é de Cuba?"

"A sua laranja."

"Acho que é de Valência." Ela apontou para o selinho na casca da laranja.

"Você teve que ficar muito tempo na fila para comprar?"

"Não. Só tinha umas duas pessoas na minha frente."

"Você deve ter comprado na Intershop", eu disse, sorrindo. "Suponho que usou os marcos alemão-ocidentais que dei a Walter."

"Comprei no Tesco."

"Que privilégio."

"Eu como laranjas o tempo todo." Ela começou a descascar a laranja. Suas unhas estavam roídas, e demorou um pouco para ela conseguir tirar a casca.

"Ah, eu esqueci", eu disse. "O Muro caiu. A fronteira está aberta."

Ela usava meia-calça cor da pele e sapatos baixos marrons feitos de couro falso. As pernas estavam cruzadas. Os sapatos gastos, que se pareciam com sapatilhas de balé, saíam dos seus pés.

"Deve ser difícil", eu disse com gentileza, "misturar-se com os alemães-ocidentais mais prósperos."

"Você está deixando seu irmão e seu pai aborrecidos", ela disse.

"É, eu deixo os dois incomodados desde sempre."

"Os funcionários do hospital disseram a eles para ficarem afastados, como se fossem vermes."

"É por isso que você está aqui, para me incomodar, Tessa?"

"Bom, pelo menos você acertou o meu nome." Ela empurrou um gomo de laranja para dentro da boca. Pingou suco do seu queixo. Dois dentes de trás estavam faltando.

"Olhe", eu disse da minha posição ereta apoiada em travesseiros, "também não quero ver você. Por favor, tire o seu pote de iogurte da minha mesa. Vá embora. Deixe-me aqui com a minha septicemia e a minha morfina e os meus girassóis."

Ela se inclinou para a frente para deixar o rosto bem perto do meu.

"Seu merdinha. Você sabe o que o seu irmão tem feito por você? Ele está resolvendo a sua licença médica na universidade. Tem falado com o pessoal do seu sindicato todos os dias e já está bem exausto. Seus empregadores argumentam que é caro empregar você por causa da sua idade, e você não está em condições de trabalhar."

Fiquei imaginando onde Rainer tinha se enfiado. Ele se livraria de Tessa por mim. Outro médico estava fazendo a ronda desde que eu tinha ficado mais forte. Ou talvez desde que eu tinha ficado mais fraco. Fazia um tempo que não via Rainer.

"Eu tenho ph.D. em psicologia de tiranos", eu disse, olhando para ela através das pétalas douradas dos girassóis, "começando com o pai de Stálin, Besarion Ivanes dze Jughashvili, também conhecido como Beso. Ele era um sapateiro de certo renome. Calçados georgianos eram sua especialidade, mas, infelizmente para ele, o estilo europeu de calçado estava se tornando mais refinado na época."

Tessa tirou os óculos e pôs na bolsa.

"Seu irmão está pagando as suas contas."

"Continuo sem querer vê-lo."

Tessa se levantou. Parecia cansada e furiosa.

"Tem algum recado para Matthew?"

Coloquei a mão na cabeça e fechei os olhos.

"Certo", ela falou. "Vou dizer a ele que você disse obrigado."

O som de seus sapatos gastos se arrastando pelo chão ficaram comigo durante muito tempo. Eu tinha que chegar a outro mundo. A Walter. A Luna, que tentou espantar o pânico com dança. À mulher fosforescente e seu violoncelo. Ao astronauta dirigindo seu veículo lunar pela superfície da Lua.

Quando abri os olhos no crepúsculo da Euston Road, a primeira coisa que vi foi o iogurte de plástico de cereja que Tessa tinha deixado na minha mesa. Tinha passado da data de validade e estava em oferta. Embaixo do pote havia um pedaço de papel colocando fim ao meu emprego na universidade.

Rainer estava ao lado da minha cama.
"Bem-vindo de volta à Grã-Bretanha. Ou você ainda está nadando no lago de Erich Honecker?"
"Estou definitivamente na Grã-Bretanha", respondi, apesar de não sentir meus lábios se mexerem. "É verdade que posso ir para casa na semana que vem, Rainer?"
"Quem disse isso para você?"
"A enfermeira do turno da noite."
Eu me inclinei para a frente, arranquei uma pétala de um dos girassóis e rolei entre os dedos até se transformar em uma meleca amarela nas minhas mãos. Rainer pareceu surpreso, mas não me contradisse. Enquanto pressionava o estetoscópio contra meu coração, começou a desbotar e se misturar ao Rainer da Alemanha Oriental.
"É", ele disse, "é verdade que temos muitos inimigos, como a enfermeira do turno da noite, tentando nos sabotar sempre que possível." Ele definitivamente não soava como ele mesmo, mas eu mal o conhecia, como é que eu podia saber? Enquanto ele escutava o murmúrio e o lamento do meu coração, compreendi que seus ouvidos eram o aparelho de escuta escondido dentro e fora de sua cabeça.

18

Jennifer perguntou se havia algo que eu queria enquanto estava ali deitado na cama, esperando alguma coisa acontecer. Dava para ouvir o som da água entre nós, parada e triste, e ouvi a minha respiração e o som de estalo de um dos meus dedos dos pés.

"Eu queria um sanduíche de bacon. E um banho de banheira. E passar as minhas camisas."

Ela pareceu surpresa. "Achei que você ia querer coisas grandiosas para o mundo."

"Quero voltar a caminhar e conhecer meus sobrinhos e, quem sabe, ver Jack. Mas Rainer diz que talvez eu volte para casa em uma semana."

Como ela não respondeu, fiquei imaginando se ia pegar o caderno de esboços e me dizer para visitar Jack e os meus sobrinhos e tomar um banho de banheira e passar as minhas camisas para que ela pudesse desenhar minhas visões a lápis.

Senti seus dedos em algum lugar do meu rosto.

"O ar está muito seco aqui", ela disse, passando algum tipo de creme nos meus lábios.

Era verdade que estavam com bolhas e doloridos.

"É", ela sussurrou, "aperte os lábios para espalhar. Assim."

Ambos olhávamos um nos olhos do outro quando ela se inclinou por cima de mim.

Eu teria preferido passar as minhas camisas em todos os fusos horários em que estava vivendo a retornar ao momento em que Jennifer e eu estávamos nadando naquele lago em Cape Cod depois que enterramos Isaac.

"Eu não sei nada sobre você, Jennifer. Nada sobre a sua vida depois de nós."

"É verdade."

Esperei que ela falasse de sua vida para mim. Esperei muito tempo.

"Bom, então faça algumas perguntas", ela finalmente disse.

Suponho que eu quisesse saber para quem ela tinha dito "docinho" e "coração" ao telefone, onde ela morava, como vivia. No entanto, não queria saber, além de querer saber. Eu não era capaz de entrar nos pensamentos e sentimentos dela. Sozinho. Eu não tinha como entrar.

"Jennifer, eu ainda estou proibido de descrever o seu corpo?"

"O que mais a meu respeito interessa a você?"

Seus dedos tinham passado dos meus lábios para algum lugar na minha bochecha direita. Fechei os olhos. Seus dedos eram gentis enquanto passavam o creme na minha pele. Mas Jennifer nunca tinha sido gentil. Não comigo.

"O negócio é o seguinte, Saul Adler."

"Qual é o negócio, Jennifer Moreau?"

"O trabalho da minha vida não é exatamente ajudar você a me enxergar. Tenho mais o que fazer."

"A sua cor preferida é amarelo", eu disse com uma certeza tremenda.

Dava para escutar Jennifer falando francês com alguém que estava ao seu lado. Tinha esquecido que o pai dela era francês e ela era fluente nessa língua. A pessoa com quem ela falava não era francesa, o sotaque dele era inglês. A voz dele era um pouco parecida com a de Jack. Fiquei imaginando se estavam falando francês porque não queriam que eu entendesse o que diziam. Mas eu entendi. Jennifer estava explicando que preferia viajar de trem a viajar de avião. Era mais fácil transportar suas câmeras e outros equipamentos. A pessoa ao seu lado fez outra pergunta. "Sim", ela respondeu, "sinto falta das minhas filhas. Principalmente quando faço panquecas no inverno."

Ergui a cabeça dos travesseiros. "Você tem filhas, Jennifer?"

"Tenho. As duas estão na faculdade."

Meus olhos estavam abertos, e os dela, fechados, com os cílios cobertos de rímel azul.

"Sabe, Saul, você poderia ser um bom pai." De repente, nós estávamos nos beijando. Um beijo profundo. Naquele beijo tentei emanar todo o meu amor para dentro dela.

"Você está florescendo", eu disse a ela. "Seu cabelo e seus olhos estão brilhando, e seus seios ficaram mais pesados." Quando coloquei a mão na barriga de Jennifer, ela a empurrou para longe.

"Eu vou ser um bom pai", sussurrei na sua orelha fria.

"É. Mas seria um péssimo marido."

"Não precisamos nos casar."

"Você já é um péssimo namorado."

Quando eu lhe disse que queria estar com ela quando o bebê nascesse, ela de repente ergueu a mão.

"Eu fui criada sem pai", ela disse. "Como é ter um pai por perto?"

"É ruim", respondi.

Devo ter dito aquilo em voz alta, "é ruim", porque ouvi a Jennifer mais velha sussurrar em francês para a pessoa qualquer que estivesse a seu lado: "Ele ainda está conosco, mas será que em algum momento esteve conosco?".

Estive muito com ela, sim, depois que enterramos Isaac, quando tiramos nossas roupas de banho longe das outras pessoas às margens daquele lago em Cape Cod. Nós dois nus, frágeis, andando na água em extremidades opostas do lago mais comprido de todos. E então nos dirigimos um ao outro e foi aí que vi a tartaruga nadando entre as nossas pernas. Finalmente nos tocamos, cabeça com cabeça, nossos braços em volta um do outro, dedos dos pés afundando na areia, o sol batendo forte em nossos ombros. Dei uma olhada por cima da água até a margem. Alguém embaixo de uma árvore grande da Nova Inglaterra acenava para Jennifer. Ele era alto e segurava uma toalha. Ela começou a nadar na direção dele, primeiro devagar, como se cada movimento dos braços e das pernas lhe causasse dor, e então tomou velocidade, chutando a água em espuma à medida que nadava na direção em que ele esperava por ela com a toalha estendida nas mãos. Nós dois sabíamos que a tartaruga que podia morder as pernas dela também nadava para salvar a própria vida em algum lugar ali perto.

19

Matt voltou sozinho, sem a mulher, que tinha vindo em sua missão secreta de me atormentar com a realidade. Ele não trouxe nenhum presente. Tinha vindo direto do trabalho, então deviam ser umas sete da noite. Vestia um macacão azul. Eu sabia que ele tinha se assegurado de chegar numa hora em que o turno de Rainer tinha acabado. Ele tinha vindo para me ver e para me fazer mal. A ponta de suas botas era de chumbo. Ele carregava uma sacola de ferramentas. Cheirava a suor e tijolos. Sua testa estava cor-de-rosa. Talvez queimada de sol, porque eu tinha começado a compreender que era verão. Seus dedos grandes estavam sujos de fuligem.

Fiz um sinal com as mãos para que ele fosse embora.

Ele deu dois passos para mais perto.

"Não vou machucar você." Ergueu as mãos grandes e as colocou sobre o rosto cor-de-rosa. Então foi até uma pia próxima e lavou as mãos com algumas gotas de sabonete antibacteriano.

"Fale comigo aí da pia. Não chegue mais perto. Fique aí."

Ele assentiu.

"Enfie seus punhos grandes nos bolsos do macacão."

Ele colocou as mãos, ainda molhadas, nos bolsos.

"Papai morreu ontem à noite, Saul."

Comecei a me esvair, mas apenas por três segundos. Abri os olhos e Matt ainda estava parado no lugar em que eu o mandei ficar, perto da pia. A sacola de ferramentas estava a seus pés.

"O vizinho que leva o jornal para ele o encontrou hoje de manhã."

Ele fechou seus olhos azuis brutais.

Ambos ficamos em silêncio por cerca de quarenta anos.

"Os netos estão aborrecidos", ele disse.

"Que netos?"

"Meus filhos."

Ele deu uma olhada no relógio. A família estava esperando que ele voltasse para casa.

"Eles gostavam do avô?"

"Ah, gostavam, sim."

Ficamos em silêncio por mais quinze anos.

"Ele fez todos os móveis do quarto deles. O beliche. Fez um trenzinho de madeira para Isaac."

Mais algumas décadas se passaram entre nós. Eu estava em algum lugar em uma cidade universitária com torres e construções antigas de pedra. Estava estirado numa jangada no rio Cam, lendo um livro. Era uma vida que nunca acreditei merecer. Será que eu tinha permissão para desejá-la? Jantava em uma mesa comprida na minha faculdade, vestido com minha roupa preta da formatura. Os alunos antes de mim tinham se tornado filósofos, compositores, físicos, sacerdotes, bispos, industriais, reitores, bioquímicos, teóricos políticos, jogadores de críquete de destaque. Qual era o meu objetivo? O que eu queria? O que eu merecia? Estava em uma orientação em uma sala que dava vista para uma praça de grama verde, falando sobre o livro que eu não tinha lido. Meu orientador olhava pela janela. Eu não era nem burro nem brilhante, mas a minha beleza física me conferia certo peso. O pai do meu amigo Anthony tinha vindo fazer uma visita. Ele trabalhava em banco e era de direita. Meu pai era pedreiro e comunista. Nós nos dávamos bem. Eu tinha vindo de outro mundo, mas não queria encontrar o caminho de casa. O pai de Anthony quis saber onde eu tinha estudado. E onde meu irmão tinha estudado. E onde meu pai tinha estudado. "Fomos todos educados em Eton", eu disse a ele num tom solene, enquanto Anthony, que guardava seu anel com brasão em uma caixinha de cocaína embaixo da cama, dava gargalhadas nas mãos macias e brancas. Pediram que eu escolhesse uma garrafa de vinho do cardápio. Os dois sabiam que eu não entendia nada de vinho porque era provável que a minha família bebesse cerveja. Comemos um prato de dobradinha em um restaurante refinado e falamos sobre o clima e sobre o trânsito. Na última vez em que tinha voltado para casa em Bethnal Green, conversamos a respeito dos levantes de Toxteth em Liverpool.

"Pombas", Matt disse. "Eu vou soltar algumas pombas para o papai."

"Ele preferiria o falcão dele."

"Pombas", ele disse mais uma vez.

"Uma pomba é um pássaro pequeno que pode ser estripado por um falcão."

Era o tipo de coisa que eu costumava dizer a Anthony, mas Matt não captou.

Alguns meses se passaram entre nós.

Quando abri os olhos, Matt ainda estava ao lado da minha cama.

Apontei para a caixa de doce que meu pai tinha deixado na mesa.

Matt abriu a caixa. Abanou um quadradinho na frente dos meus lábios.

"Não", eu disse. "Vai me deixar louco."

"Você já é louco. Não sei como um doce pode fazer diferença."

Fechei os olhos e tentei pôr a mão no meu cabelo preto. Não consegui achar, por isso coloquei a mão no lóbulo da orelha direita.

Um dia se passou entre nós. Nosso pai tinha morrido em algum momento daquele dia. Matt ainda estava presente, mas vestia o casaco.

"Saul. Sinto muito por tudo."

Meu irmão estava tentando dizer algo, como sempre.

"Eu também não aceitei muito bem a morte da nossa mãe. Fiquei louco."

"Isso é um insulto aos loucos", sibilei por entre os dentes, igual aos cisnes malucos do Spree. "Você quer dizer que não estava estável."

"É isso."

"Achei que o louco fosse eu."

"Você era o inteligente, o bonito", ele respondeu. "Eu era o louco, feio, burro."

"Parece correto."

Algo estava errado. Observei os olhos azuis úmidos do meu irmão. Agora que eu tinha dito essas palavras em voz alta, era difícil voltar a engoli-las, com discrição, sorrateiro, como se nada tivesse acontecido. Ele era o louco, feio, burro. *Parece correto*. O piso lustroso. As botas empoeiradas do meu irmão.

"Nada está correto", eu disse a Matt na minha cabeça. "Sermos irmãos não é correto."

"Você está dizendo algo." Matt deu um passo mais para perto. Ele escutava enquanto eu falava com ele. "Não, você está cantando", ele disse. "Você está cantando 'Penny Lane'." Ouvi uma voz sair do meu corpo, uma vozinha rachada. Tudo era alto, à exceção da minha voz. O relógio ruidoso tiquetaqueando na parede do hospital na Euston Road. O relógio tiquetaqueando na datcha na RDA. Luna em cima da cadeira na datcha com os braços estendidos, tentando me dizer que ela estava perdida. O relógio mais triste tiquetaqueando na casa de madeira em Cape Cod. O relógio no pulso do meu pai morto, ainda tiquetaqueando. Cantei para os olhos azuis úmidos do meu irmão.

Depois de um tempo, ele voltou para perto da pia.

"Tem algo que você queira que eu diga no enterro?"

"Vou dizer eu mesmo. Volto para casa daqui a uma semana."

"Quem disse isso a você?"

"A enfermeira da noite. Rainer confirmou."

Matt fechou o zíper do casaco. Aquilo pareceu demorar muito tempo e exigir toda a sua atenção. O zíper engastalhou durante cerca de dez anos. Alguns dos dentes estavam faltando.

"E você?", perguntei. "O que você vai dizer?"

"Algumas palavras."

"Tipo o quê?"

O tubo de luz no teto iluminava seu rosto grande e triste. Parecia um anjo careca gigante.

"Vou contar um pouco de história", ele disse. "'Pai, você criou seus filhos sozinho. Você passou a infância na região leste de Londres...'"

"'Em circunstâncias um tanto limitadas'", propus. "'Aliás, você foi criado com tanta pobreza que vendeu seu cachorro na feira.'"

Matt abriu um sorriso.

"É verdade", eu disse. "Tinha uma feira no East End em que dava para vender bichos de estimação se você estivesse assim tão sem dinheiro."

Eu prossegui da cama.

"'Pai, depois da guerra você cortou a carne de um cavalo morto e deu para os pobres.'"

"Ele nunca fez isso."

O zíper de Matt continuava engastalhado. Ele o puxava enquanto falava.

"'Pai, você trabalhava o tempo todo. A casa era quente no inverno. Nunca nos faltou nada. Só a nossa mãe. Você leu Karl Marx quando tinha catorze anos.'"

Matt fez uma pausa. "Pode me ajudar aqui? Eu nunca li *O manifesto comunista*. O que ele via naquilo?"

Ele tirou uma caneta do bolso. Uma esferográfica pequena, do tamanho de seu mindinho, com o nome de um sindicato de construção escrito na lateral.

Limpei a garganta. Os girassóis murchavam no vaso.

"Marx tinha apenas vinte e nove anos quando escreveu *O manifesto comunista* com Engels, que tinha vinte e sete anos. O que estávamos fazendo no fim dos nossos vinte anos, Matt?"

"Melhor não tocar nesse assunto." Matt guardou a caneta de volta no bolso.

E daí ele foi embora. Chamei meu irmão. Alguém chorava na ala ao lado.

A enfermeira irlandesa corria para o lugar de onde vinha o choro.

20

O choro vinha de dentro de mim. Eu estava sentado em uma cadeira na frente da sala de fisioterapia, recuperando o fôlego. Minha sessão tinha acabado havia pouco e eu tinha descoberto que agora era capaz de caminhar em linha reta e em zigue-zague e para trás e em círculos e para a frente. Eu tinha perdido o meu emprego. Já não era mais um historiador menor. Talvez eu fosse a história em si, atirando para todos os lados, às vezes todos ao mesmo tempo. Enquanto eu olhava para os meus pés e descansava e chorava na cadeira, tomei consciência de outro par de pés nas proximidades. Esses pés usavam tênis pretos com o cadarço desamarrado no pé direito. Quando ergui os olhos, vi meu amigo Jack parado em cima de mim. Seu cabelo era branco e estava preso num coque no alto da cabeça. Ele usava o paletó de linho de sempre sobre a calça cáqui, as mãos enfiadas nos bolsos do paletó, uma caneta-tinteiro presa ao bolso de cima. Ao mesmo tempo, a moça do chá empurrava um carrinho passando por uma fileira de cadeiras na frente da sala de fisioterapia. Ela perguntou se eu queria chá. Balancei a cabeça, mas Jack interveio.

"Duas xícaras, por favor."

Ele deu uma olhada nos bolinhos e pãezinhos arranjados em forma de pirâmide no carrinho.

"E dois bolinhos, se me faz a gentileza."

Ele pegou as xícaras e os bolinhos e se sentou ao meu lado numa das cadeiras de plástico.

"Caramba, Saul!" Ele deu uma mordida no bolinho de uva-passa e um gole no chá.

Ficamos lá em silêncio enquanto eu chorava.

A última vez que tinha visto Jack havia sido no bistrô francês onde ele tinha comido a maior parte dos meus mexilhões e me fez pagar pelo pão extra.

"Não", ele disse, "aquela não foi a última vez que nós nos vimos."

Depois de um tempo, ele pousou o chá e pegou a minha mão. A dele estava quente além do normal por ter segurado a xícara de chá de plástico.

"Agora eu sou pai", disse a ele.

"É. Eu sei tudo sobre aquela tragédia. Aconteceu muito tempo atrás."

"Foi mesmo?"

"Você sabe que sim."

Jack mastigou o bolinho dele e me entregou o meu.

Não lhe contei que o rosto de Isaac tinha me voltado durante as longas noites no hospital na Euston Road. As noites que emendavam a Alemanha Oriental do pós-guerra e o Massachusetts do século XX e a casa em Bethnal Green e de volta a Berlim Ocidental em 1979 onde comprei uma edição antiga do *Manifesto comunista* para meu pai. Paguei pelo livro com a minha bolsa de estudos. Depois disso, fiquei sem dinheiro. Meu irmão me mandou o dinheiro para voltar para casa de Cambridge quando o semestre terminou.

Empurrei meu bolinho na direção de Jack. "Pode comer o meu também. Eu vivo de morfina."

"Estou satisfeito." Ele ergueu a mão esquerda e bateu de leve na barriga, a mão direita ainda apertando a minha.

"Sabe, Saul, eu voltei recentemente da antiga Alemanha Oriental. De Zwickau, para ser preciso. Era lá que ficava a fábrica do Trabant. Eu estava cobrindo uma feira de automóvel lá para uma revista. Tinha vários Trabants em exibição."

"É", assenti. "O Trabant é o carro da família da Alemanha Oriental."

"Bom, foi, no passado", ele disse. "Enquanto eu estava lá, entrevistei uma moça que ainda tinha um Trabi que havia sido do avô dela no final da década de 1950. Para ela, era uma das coisas mais valiosas que possuía."

"Qual era o nome dela?"

"Esqueci. Por que você quer saber?"

"O nome dela era Luna?"

"Ah, acho que me lembraria se fosse. Ela foi simpática."

Jack começou a me falar dos Trabants em exibição na feira. Fez algum tipo de piada a respeito de como o modelo nunca tinha mudado.

"Você precisa compreender", eu disse, e estendi a mão para o meu chá que agora tinha uma nata de leite se formando por cima, "o Ocidente tinha proibido exportações de aço para a RDA, que não tinha reservas próprias. O design era criativo. O primeiro veículo a ser feito de materiais reciclados."

"Você é filho do seu pai, no final das contas." Jack apertou minha mão. "Como você está, amigo?"

Eu não estava a fim de conversar. O som lúgubre das rodinhas de borracha do carrinho de chá rangendo no chão de linóleo era a trilha sonora correta para o fim do mundo. Às vezes a moça do chá perdia o controle e o carrinho batia nos cantos das paredes e nas camas. Era o equivalente a cachoeiras e papagaios no meu novo mundo horroroso.

"Ela podia entregar o chá com um Trabi", Jack sussurrou no meu ouvido. "Pelo menos ele tinha direção."

Inclinei a cabeça para trás e a apoiei na parede. "Na última vez em que nos vimos, você comeu todo o meu almoço e me fez pagar o pão extra."

"Aquela não foi a última vez que nos vimos. Mas, sim, aquele dia foi o começo de tudo. Você se lembra do que aconteceu quando chegamos em casa?"

"Não."

"Eu vomitei porque tinha comido os mexilhões que não tinham aberto."

"Era para você ter ido jogar tênis."

"Depois que eu vomitei, tomei um banho e fui para a cama."

"E eu entrei na cama com você."

"Foi."

"Achei que você não foi amável", respondi.

"Acho que eu era assim naquela época."

"Está com alguém agora?"

O carrinho de chá bateu na parede mais uma vez. E mais uma vez.

"Estou. Com toda a certeza. E você, Saul?"

"Eu transo o tempo todo, mas não sei se é uma transa de trinta anos atrás ou de três meses atrás. Acho que estendi o meu histórico sexual por todos os fusos horários, mas transei muito mesmo antes da queda do Muro de Berlim. Depois disso, é um borrão, mas acho que transei menos em democracias do que em regimes autoritários."

"Bom", ele disse, "melhore logo e transe mais."

Depois de um tempo, ele colocou o segundo bolinho no bolso do paletó.

"Na verdade", ele falou, "eu queria dizer o quanto sinto com a notícia da morte do seu pai."

Eu lhe disse para não sentir muito, porque meu pai tinha morrido várias vezes. A primeira vez que ele tinha morrido fazia uns trinta anos. Eu havia me acostumado com o fato de ele morrer e voltar à vida e morrer de novo. Jack pediu que eu explicasse.

"É um crime intelectual inconsciente", eu disse. "Stálin

sabia desses crimes e queria assassinar qualquer um que os cometesse, e esses somos todos nós."

"É, bom, o seu pai está morto com toda a certeza, Saul. E eu sinto muito porque ele não vai estar aqui para colher maçãs das nossas árvores."

Dava para ouvir Jennifer falando ao telefone no corredor. Ela usava sandálias de camurça azuis e um tailleur azul combinando. Ela me disse que tinha falado com Matt para saber das providências do enterro do meu pai. Eu disse a ela (mais uma vez) que o meu pai tinha morrido muitas vezes antes de morrer. Aliás, ela tinha usado aquele mesmo tailleur azul no enterro na primeira vez em que ele morreu, havia mais ou menos trinta anos.

"Sei." Ela não parecia interessada.

"Olá, Jack."

"Oi, Jennifer."

Eles começaram a cochichar entre si como se eu não estivesse presente.

Jack estava dizendo coisas estranhas que não faziam sentido.

"Ele pensa que está andando."

Jennifer pareceu chorosa. Eu me lembrei de que seu pai tinha morrido quando ela tinha doze anos. Queria dizer algo a esse respeito, mas não sabia nem como nem por onde começar. Tínhamos passado a vida inteira fugindo do nosso amor um pelo outro. Em vez disso, perguntei de sua arte.

"Diga [mais uma vez] o que você fez depois da sua exposição de formatura."

"Já faz tanto tempo."

"É mesmo?"

"É", Jack interrompeu. "Quase trinta anos."

"Eu estava pensando na beleza masculina quando me formei", Jennifer disse. "Por causa de você. Não me lembro muito daquilo. Eu estava examinando atletas e deuses e guerreiros e hermafroditas. Garotos e homens com lábios cheios fazendo biquinho, cintura fina, pênis pequeno, cabelo ensebado, dedos dos pés delicados. E estava examinando o *Davi* de Donatello e tentando entender se o pênis é aquilo que faz do homem um homem."

"Eu sei que você gostava do meu pênis."

Ela deu risada. "Gostava, sim."

Rainer estava em pé ao nosso lado.

"Sinto muito pela notícia a respeito do seu pai", ele disse.

"Estávamos falando sobre o meu pênis, Rainer." O sol brilhava através das janelas encardidas do hospital. Rainer começou a dar risada. Jennifer deu risada. Jack deu risada. Obviamente, estavam muito mais felizes do que eu.

Jennifer baixou os olhos para os meus pés descalços. Será que ela queria examinar o comprimento dos meus dedos dos pés e conferir se eram harmoniosos e de distribuição uniforme?

"O que eu queria lhe dizer", ela falou, "é que os seus sobrinhos estão aqui."

Havia dois adolescentes de uniforme sentados a algumas cadeiras de distância de nós. Jogavam cartas. Jennifer e Rainer desapareceram para dentro da parede.

Fechei os olhos e procurei meu cabelo para poder tocar nele. Foi uma busca inútil; então toquei nos joelhos em vez disso e abri os olhos. Os lábios de Jack estavam em algum lugar perto da minha orelha e me davam informações.

"Eles se chamam David e Elijah."

"*Hallo*, Karl Thomas", eu disse para o menino mais novo em alemão.

"Eu não me chamo Karl Thomas. Eu me chamo Elijah. Sou filho de Matt."

Troquei de volta para o inglês, mas eu não estava na Inglaterra.

"Vocês não deviam estar na escola?"

"Devíamos." O menino mais velho assentiu. Ele tinha uns dezessete anos.

"Papai nos obrigou a vir aqui ver você."

"Então, Karl Thomas", eu me inclinei na cadeira e vi que ele segurava um ás, "você já aprendeu os dez mandamentos para o novo ser humano socialista?"

"O que é isso?"

"Você não pertence a uma brigada juvenil? Aos Jovens Pioneiros ou à Juventude Alemã Livre?"

"Eu sou inglês", ele disse. "E o meu nome é Elijah."

"A sua brigada juvenil ajuda a limpar o terreno em blocos de apartamentos em ruínas? Imagino que você tenha estado no telhado fazendo pequenos consertos."

"Meu pai conserta telhados."

O menino mais velho de uniforme assentiu. Seu cabelo estava tingido de verde e as unhas, pintadas de vários tons de azul e roxo.

"Eu sou David. Que mandamentos devíamos ter aprendido?"

"'Deve ajudar a abolir a exploração do homem pelo homem.'"

"Para mim, parece certo."

Olhei para o irmão dele, que estava tentando encontrar o melhor momento para jogar o ás.

"Elijah, você não aprecia a noção de pertencer a algo maior do que você mesmo?"

"Estou em uma peça na escola." Meu sobrinho colocou o ás na cadeira e o jogo chegou ao fim.

David do cabelo verde me disse que iam passar a tarde com o pai para falar com um homem a respeito de pombas.

"O que têm as pombas?"

"Para o enterro do vovô."

"Eu também tive um filho. O nome dele era Isaac."

"Nós sabemos."

Os meninos estavam tentando ser educados. Juntaram as cartas e, por obrigação, aguentaram mais alguns minutos na cadeira. O mais velho tinha uma tatuagem de estrelas e penas no pulso esquerdo.

"Você tem alguma boa ideia para uma sociedade melhor, David?"

"Não conseguimos encontrar a saída", Elijah respondeu.

"O que você acha de a Grã-Bretanha sair da Europa nos anos mais promissores da sua vida?"

Jack apontou para o elevador atrás das cadeiras. "O elevador levará vocês à saída."

"Aliás, esse é o meu amigo Jack."

Eles acenaram com a cabeça para ele. Ele acenou de volta, como se os conhecesse havia anos.

Acompanhei os meus sobrinhos até o elevador.

"O seu pai não se incomoda com o cabelo verde e o esmalte nas unhas?"

"Não." David sacudiu os cachos verdes. "Ele disse que se acostumou com essas coisas por causa de você."

Pressionou o dedo pintado de azul no botão para chamar o elevador.

Fiquei muito contente por ver os dois. Muito mais contente do que eles ficaram de me ver. "Talvez possamos jogar cartas algum dia muito em breve. E mande minhas lembranças à sua mãe."

David do cabelo verde ergueu a sobrancelha, que ainda não tinha tingido de verde. "Certo. Vamos ver o que ela acha."

"Seu elevador chegou", eu disse em tom teatral, como se fosse uma limusine.

Depois que me despedi, caminhei de volta ao meu amigo de coque branco que comia meu bolinho.

"Você tem laços, Jack?"

"Está falando de um laço de gravata?"

"Estou falando de família. Você é irmão ou tio ou algo assim?"

"Sou."

"Você nunca fala dos seus laços."

"Você também não."

"É verdade. Eu queria soltar todos os meus laços."

Recostei a cabeça no ombro de Jack. Ele acariciou o meu braço e bebeu seu chá. Me senti relaxado na companhia amável dele. Ele usava um anel rebuscado de cor turquesa em um dos dedos. A parte de prata era fina e me fazia estremecer enquanto ele acariciava o meu braço. Suas unhas estavam roídas. Depois de um tempo, ele tirou o anel e continuou acariciando o meu braço. Seu cabelo cheirava a fumaça de lenha. Eu queria dormir no seu ombro, mas tinha medo de que ele não estivesse mais ali quando eu acordasse.

"Quando tinha vinte e oito anos, eu me apaixonei por um homem na RDA."

"Eu sei. Nós costumávamos conversar sobre Walter. Aliás, plantei mais duas macieiras no seu jardim em Suffolk."

Ignorei a tentativa de Jack de se implantar na minha história mais recente.

"Walter Müller usava tênis que não estavam na moda, de jeito nenhum. O cabelo sem graça dele caía até a altura dos ombros. Seus olhos azul-claros não desgrudavam de mim. Vigilância era o ar que todo mundo respirava. Ele me observava o tempo todo por diversos motivos, mas principalmente por tesão e política. A câmera de Jennifer também estava em cima de mim o tempo todo, até quando eu dormia, principalmente quando eu dormia, mas Walter me enxergou a olho nu e viu tudo que havia para ver em mim."

Os novos dedos suaves de Jack continuaram a acariciar o meu braço. Depois de um tempo, foi ele quem continuou a conversa sobre Walter enquanto eu escutava.

"Quando ele avistou você pela primeira vez na estação de Friedrichstraße, nunca tinha visto uma beleza tão louca quanto a sua. Não conseguia acreditar que você era real. Ali estava você, na frente dele, com seus olhos azuis de *Blade Runner* e seus lábios macios. Você reclamou dos trens na Grã-Bretanha."

"É, foi assim mesmo."

"Você bem que estabeleceu laços ali", ele disse.

"Usei uma gravata com o laço bem-feito na RDA", me lembrei. "Usei uma gravata com o laço bem-feito quando visitei Walter em Berlim no ano passado. Antes de a Grã-Bretanha decidir cortar seus laços com a Europa."

"É", Jack disse, "eu levei você até o aeroporto. Isso foi em março de 2015. Acho que você mudou com esse segundo encontro com Walter na Alexanderplatz. Você estava mais feliz quando voltou para casa."

21

Eu estava perto do Relógio Mundial na Alexanderplatz às duas da tarde com Walter.

Eu não estava feliz, mas ele não estava a fim de alimentar minha melancolia de meia-idade, apesar de não ter sido desagradável. Expliquei que estava funcionalmente bem. Era capaz de conversar e discutir com coerência com amigos no bar e caminhar pela cidade e parecer respeitável. Minhas roupas eram limpas, não faltavam botões nas minhas camisas, ninguém saberia que para mim não faria diferença chegar ao meu sexagésimo ano. Eu agora dava aulas sobre o Leste Europeu pós-comunista. Meus alunos não tinham dinheiro para pagar os aluguéis que subiam de maneira descontrolada nas cidades e moravam com os pais idosos. Walter tinha perdido um pouco de cabelo. Agora estava cortado rente à cabeça, seu rosto estava mais magro, usava óculos com moldura leve de alumínio.

Olhei nos seus olhos azul-claros atrás das lentes e avistei o espectro do Walter mais novo, o homem que usava um chapéu de feltro quando me levou para colher cogumelos perto da sua datcha. Ele me contou que sua mãe, que agora era velha, sentia falta de seu trabalho produzindo anzóis na fábrica. Ela trabalhava duas manhãs como recepcionista em um salão de manicure. As duas moças vietnamitas que eram donas do salão gostavam da companhia dela. Ursula era capaz de dar uma aula sobre Marx e Lênin a todas as clientes que esperavam por uma manicure com extensão de unhas em acrílico e cristais encravados, se estivessem dispostas a isso, e algumas estavam.

Eu ainda o desejava. Queria tocar na sua barriga e senti-lo estremecer mais uma vez, mas esse Walter mais velho não era um homem que estremecia. Esse era eu.

Dessa vez ele me contou mais sobre o que tinha acontecido com ele quando a perua parou no semáforo em 1988. Tudo o que eu tinha imaginado era verdade.

Se eu pudesse ter me jogado embaixo de um bonde na Alexanderplatz ou de um carro na Abbey Road sem ser salvo da minha vergonha por cidadãos que acreditavam que a vida deveria ser suportada a todo custo, era o que eu teria feito. As autoridades o soltaram depois de dois dias porque estavam mais interessadas em Luna. Tinham investido seus parcos recursos em sua educação médica e não queriam que ela fosse embora.

Quando Walter me abraçou (eu estava chorando, como de costume), seus braços não estavam cheios de desejo, eram maternais, paternais, talvez fraternos. Foi o abraço da compaixão, da pena pelo meu eu de meia-idade e acima do peso.

"Ela teria sido pega de qualquer jeito", ele disse, estoico. "Sabiam que ela estava desesperada para ir embora."

Ele usava um casaco pesado com a gola debruada de pele e um paletó elegante por baixo. Depois de um tempo, lembrei a ele como na RDA era difícil fazer com que ele vestisse roupas.

"Você andava nu o tempo todo. Nadando no lago, fazendo café, arrumando a mesa, fritando batatas."

"Nós os alemães nunca tivemos vergonha de estarmos nus. Mas você era acanhado nesse quesito."

"É verdade." Toquei no botão do alto de sua camisa. "Eu sempre fui acanhado. Mas, agora que perdi a beleza, sou menos acanhado. Não devia funcionar assim, mas funciona. As coisas são como são. O meu corpo, quer dizer. No entanto,

Walter, acho que você ficou mais bonito. Está em forma. Como pode ser?"

"Alimentação mais saudável." Quando ele sorriu, seus dentes estavam mais alinhados e mais brancos. "Troquei a maior parte da cerveja por água."

Perguntei a ele se tinha algum amante.

Ele deu uma olhada na dobra de pele em volta da minha barriga.

"Tenho, sim, e Helga também tem. Criamos nossos filhos. Nós nos amamos assim. E você?"

"Sim e não."

"Qual é mais sim do que não?"

"Jack é mais sim."

Ficamos um tempo em silêncio.

"A vida está te tratando bem agora, Walter?"

"Está. Obrigado por perguntar." Ele enfiou a mão no bolso e tirou dali uma réplica em miniatura de plástico de uma das torres de observação da RDA que agora era vendida nas lojas para turistas.

"Vou dar para Jennifer", eu disse. "Ela me observava o tempo todo."

Olhei nos seus olhos e ele desviou o olhar.

"É, eu sei, Walter. Claro que eu sei. Não estou interessado em apontar o dedo. Este é o melhor lado do meu descuido."

Ele deu de ombros. "Você pode ir procurar a sua ficha, se quiser."

De certa maneira, eu estava interessado em saber mais a respeito daquilo. Perguntei a ele o que tinha escrito.

"Você era mais paranoico do que a Stasi." Ele tirou os óculos e guardou no bolso. "Você tinha uma grande imaginação. Fechou a mão em punho e começou a dar batidinhas na parede do apartamento da minha mãe. Disse que estava procurando algo, mas não tinha certeza do que poderia ser. A parede era oca ou sólida? Você disse que essa ação fez com que se sentisse importante, e isso o fez refletir se de fato se sentia desimportante o resto do tempo."

"É, eu me sinto insignificante."

Walter dava risada como fazia na velha Alemanha quando não tinha que trabalhar o tempo todo para pagar as contas, e um dia em que encontrava uma couve-flor era um dia bom.

"Meu amigo inglês", ele disse, "você só é significante se for significante."

Ele ergueu os olhos para o céu carregado de nuvens escuras. Segui seu olhar. Não havia nada para ver no céu. Nem mesmo o rastro de um avião, ou nuvens que se movessem, ou pássaros.

"Mas vou lhe dizer minha conclusão quando escrevi a ficha. Sugeri que, apesar de Herr Adler ter vários problemas psicológicos, é inofensivo aos outros."

Ele continuava olhando para o céu.

"O problema com a minha conclusão", ele disse, com formalidade, "é que não era verdade."

"Qual parte?"

"Que você é inofensivo aos outros."

Ele se inclinou para a frente e me beijou feito um amante embaixo do Relógio Mundial enquanto os skatistas passavam por nós a toda velocidade.

"Você ainda tem seus lábios", ele disse, com se ainda estivesse fazendo anotações. "Você chegou a escrever seu relatório sobre o nosso milagre econômico?"

"Cheguei, sim. Eu me envolvi de forma solidária com a realidade da vida na RDA."

Ele riu com sua risada excelente, a cabeça jogada para trás, os dentes novos à mostra; foi uma risada muito aberta e sensual.

"Você continua louco."

"É. E mais feio."

"Não", Walter disse, "consigo enxergar algo do maníaco mais jovem no seu eu mais velho. Dá para ver algo do muro maníaco na parte mais velha de Berlim."

Logo eu me afastaria da Alexanderplatz do século XXI, passando por quiosques de *currywurst* e por restaurantes fast-food e por traficantes de drogas e por artistas de rua. Um homem dedilhava uma guitarra que tinha conectado a um gerador. Ele cantava a respeito de enxergar com clareza depois que a chuva havia caído. Eu não tinha certeza se era capaz de enxergar algo com clareza, muito menos de sentir algo com clareza, inclusive os monumentos que supostamente deviam homenagear os judeus assassinados, os ciganos assassinados, os homossexuais assassinados.

Eu disse a Walter que também tinha algo para ele. Ele me observou remexer na bolsa que Jack tinha me dado havia pouco tempo. Era feita de juta e outras fibras naturais. Peguei uma lata de abacaxi e entreguei a Walter.

Ele segurou na frente da luz e leu os ingredientes.

Nós dois sabíamos que ele podia entrar no Aldi ou no Lidl e comprar quantas latas de abacaxi quisesse.

"Sabe, eu não ando consumindo muito açúcar ultimamente."

Olhei para o Relógio Mundial e registrei os países que tinham sido adicionados a ele desde a reunificação.

"Walter, você alguma vez teve notícias de Luna?"

Ele balançou a cabeça.

"Por que ela não levou o filho?"

"Teria sido tolice arriscar a vida dele. Ela sabia que nós daríamos um lar a Karl Thomas."

"Ele é meu filho?"

Walter deu risada mais uma vez, como se não fosse uma questão que tivesse qualquer importância. Seu humor tinha melhorado nos últimos dez minutos.

"Luna era próxima a Herman, um radiologista no hospital onde trabalhava. Às vezes acho que ela talvez estivesse grávida antes de você chegar. Ela sempre tinha desejo por abacaxi enlatado."

Estávamos sob o céu amplo de Berlim, olhando para os bares de lámen japoneses e os bondes e duas menininhas, talvez com sete e nove anos, andando de bicicleta. Uma delas usava tênis dois números maiores do que os pés. O pé se soltava dos pedais. A irmã se debelava em um casaco que obviamente era para alguém menor. As mangas chegavam aos cotovelos. Três dos botões estavam faltando. Achei que fossem refugiadas porque usavam roupas que não eram delas. "É", Walter disse, "sabemos que elas prefeririam vestir as próprias roupas e andar nas próprias bicicletas e ter a mãe e o pai por perto, mas guerra é guerra." Ele deu um tapinha no meu braço e apontou para alguém que caminhava na nossa direção à distância.

Um rapaz de jeans e camiseta, talvez com vinte e cinco anos, carregando um cachorrinho preto no colo, estava abrindo caminho pelo meio da multidão. Ele usava óculos escuros na chuva. Nós dois o observamos caminhar com serenidade na nossa direção. Fones de ouvido estavam presos às suas orelhas enquanto acenava para o tio que tinha sido um pai para ele.

Fiquei imaginando o que eu poderia dizer que fizesse valer a pena tirar os fones dos ouvidos para escutar? Atenção, Karl Thomas. Não haverá guerras para destruir a sua vida como você a conhece. Você vai sempre vestir as próprias roupas, seus sapatos sempre vão servir nos seus pés e você nunca vai ter que dormir em um abrigo num país estrangeiro. Uma nova Europa foi formada. Os cadáveres espalhados sobre as ruínas de 1945, os destroços das construções esmagadas, as janelas estouradas, todos em movimento, em busca de abrigo e alimento, com pessoas desaparecidas e sem ninguém assumindo o fato de que pudesse ter algo a ver com genocídio: nada disso vai voltar a acontecer. Será que isso era verdade, ou será que era mentira? Ou será que eram verdade e mentira amarradas juntas? E se fosse mais mentira do que verdade? E se fosse absolutamente a verdade?

Senti que merecia tudo que viesse a mim de Karl Thomas, que podia ou não ser meu filho.

Ouvi meu próprio apelo na cabeça. Por favor, Karl Thomas, não diga: "Acho que você conheceu a minha mãe".

Ele tinha mais ou menos a mesma idade que eu quando visitei a República Democrática Alemã pela primeira vez, que na época já vivia seu tempo suplementar e iria se dissolver alguns meses depois de ele nascer. Se Luna tivesse esperado mais algumas semanas, poderia ter dançado no Muro iluminada pelos holofotes das equipes de imprensa que filmavam naquela noite de 9 de novembro de 1989. Talvez ela acreditasse que fosse voltar a se reunir com o filho, mas isso não aconteceu. Em vez disso, Karl Thomas foi criado em uma Alemanha unida, separado da mãe. Eu queria contar a ele como Luna tinha cantado e dançado por sua liberdade naquela noite na datcha, mas não me senti qualificado para lhe dar essa informação, como se estivesse me conectando à sua história apesar de não ter tido papel nenhum em sua vida. De que adiantava lhe entregar memórias manchadas e antigas? Seriam um presente ou um tormento? Ele tinha a idade que Isaac teria se tivesse vivido para discutir com os pais e ferir o nosso orgulho e transformar nós dois em culpados. Como eu poderia dizer a esse jovem desconhecido que, no mês de setembro de 1988, eu tinha engravidado uma e talvez duas mulheres que não me queriam na vida delas de jeito nenhum? Que tipo de homem ele pensaria que eu era e, de fato, que tipo de homem eu achava que era?

Karl Thomas tirou os fones de ouvido, mas ficou com a mão esquerda apoiada no pelo do cachorro preto. Ele disse oi.

Eu estendi a mão e acariciei o cachorro preto no seu colo. Ficamos ali parados assim, os três acariciando o cachorro enquanto a chuva caía no sistema solar que flutuava por cima do Relógio Mundial na Alexanderplatz.

Isaac. Karl Thomas. O cabelo dele era preto como o meu já tinha sido. Caía em cachos sobre os ombros. Meu pai também tinha cabelo preto cor de fuligem quando era jovem, mas nunca usou comprido até os ombros, foi curto atrás e dos lados até a cova.

Quando Karl Thomas finalmente tirou os óculos escuros, seus olhos eram azuis, de um azul limpo, tão chocantes quanto uma picada de cobra. Fiquei imaginando como ele usaria sua beleza extrema, que sempre era útil e sempre era um fardo, às vezes até apavorante.

Estava prestes a falar com ele, a fazer perguntas a respeito de sua vida, de seus amigos e de onde ele morava, quando senti uma mão tocar no meu ombro.

"Estamos atrasados para o nosso filme", Walter disse. "Precisamos andar logo se não quisermos perder o começo."

"Não vão embora ainda", implorei. "A vida é grande e nova com vocês dois nela." Mas eles tinham uma programação e Karl Thomas precisava levar o cachorro para casa primeiro. Walter achou que conseguiriam chegar na hora se partissem imediatamente. Saíram caminhando juntos, o cachorro mais ou menos acompanhando enquanto eles se desviavam da multidão e do trânsito.

22

"É", Jack disse, "você e eu somos livres."

Minha cabeça ainda estava apoiada no ombro dele.

"É", eu respondi, "somos livres de laços."

Ele tomou um golinho de chá. Minha bochecha estava pressionada contra sua garganta.

Eu queria que ele ficasse e queria que fosse embora.

"Os historiadores não usam contraceptivos?"

Eu não fazia ideia como suportar ser livre. E tudo que vem junto com isso.

"No começo, quando estávamos juntos, Jennifer costumava dizer que eu parecia mais com um astro de rock do que com um historiador."

"É", ele disse, sorrindo, "mas você não era um astro de rock. Você simplesmente se parecia com um deles. Desconfio que dê muito trabalho ser astro de rock."

"Até os astros de rock têm laços."

Ergui a cabeça e abri a boca enquanto a enfermeira me dava gotas frias de morfina. Jack mastigava seu segundo bolinho. Depois de um tempo, lembrei a ele como eu tinha implorado a Walter, nos degraus na frente do Café Einstein, para ele ir morar comigo em Suffolk. E como ele tinha dado risada quando descrevi o tipo de vida que poderíamos almejar juntos.

Jack pegou uma mecha de cabelo e enfiou no coque.

"Você já me contou tudo isso."

"Contei?"

"Contou." Ele continuava acariciando meu braço com seus novos dedos gentis. "Você e eu lemos a *New Yorker* nas nossas poltronas. Acordamos juntos e nos revezamos para preparar torradas. Nosso jardim está em flor. As amoras estão amadurecendo."

A morfina prateava a minha língua, fazia com que se erguesse para cá e para lá. Eu corria atrás dela, tentando morder aquele amadurecimento que a transformaria em realidade, mas era tarde demais.

"Todo mundo é substituível", eu disse, "mas o seu amor não é o amor que eu quero."

Jack olhava na direção do elevador de aço inoxidável. Depois de um tempo, ele se levantou e eu o acompanhei.

"Suponho", ele disse, "que isso me ofereça uma saída para a sua crueldade."

Quando Jack entrou no elevador, reparei que o piso estava coberto de folhas de outono. Elas se partiam embaixo dos seus tênis pretos de lona e ele as chutava. Elas me lembravam as folhas que tinham sido varridas em montinhos embaixo das árvores que ladeavam a Abbey Road e o jeito como algumas delas esvoaçavam sobre a faixa de pedestre. Havia algum problema com as portas do elevador. Elas fecharam e voltaram a abrir, fecharam e abriram. Ele deu uma olhada no relógio de pulso. Achei que se sentia solitário o tempo todo, assim como eu.

23

Um avião fazia a volta na chuva entorpecente da morfina.

Dava voltas no céu por cima dos bancos de alimentos e moradores de rua da Grã-Bretanha.

Meu pai era o piloto que me mostrava a vista.

24

Jennifer não tinha saído do meu lado. Ela remexia na bolsa procurando uma pequena escova de cabelo que disse chamar Tangle Teezer. Eu a peguei de sua mão e comecei a escovar seu cabelo. Aquilo era muito calmante. Ela estava de costas para mim, sentada na beirada da cama. O cabelo branco lhe batia na cintura. Cada escovada demorava muito tempo. A sombra das minhas mãos no cabelo dela dançava pela parede. Era mais vivaz do que meus dedos fracos, mas, de algum modo, aquilo me dava coragem.

Eu disse a Jennifer que sua beleza emanava dela toda e que seu talento era maior do que a minha inveja.

Ela vestia uma capa de chuva verde.

Apesar de não ter respondido, eu sabia que ela estava escutando. Depois de um tempo, sugeri que ela tirasse outra foto minha atravessando a Abbey Road. Nós então teríamos duas cópias, uma de 1988 e uma de 2016. Seria uma extensão da história.

"Se for o seu último desejo, eu tiro a fotografia."

"É o meu primeiro desejo", respondi.

"O negócio é o seguinte, Saul Adler: andei conversando com Jack. Ele resolveu não tomar o trem de volta a Ipswich. Vai ficar num hotel perto da Euston Road para poder ficar perto de você."

"Diga a ele que eu volto para casa daqui a uma semana."

Continuei a arrastar a escova por seu cabelo, mas o ritmo constante já não estava mais me deixando calmo.

"O negócio é o seguinte, Jennifer Moreau: nós éramos muito jovens e sem noção e imprudentes, mas eu nunca deixei de amar você."

"O negócio é o seguinte, Saul Adler" — ela ainda estava de costas para mim —, "você era tão distante e ausente, a única maneira que eu tinha de alcançar você era com a minha câmera."

A escova caiu da minha mão. Eu estava com muito medo. De tudo. De tudo que eu sentia. De como o meu filho erguia as mãos deitado no meu colo enquanto eu cantava "Penny Lane" para ele sob o céu azul de Suffolk. Sim, tem uma enfermeira na música, Isaac, e um banqueiro e um barbeiro e um bombeiro. E as pessoas estão olhando fotografias em "Penny Lane". Igual à sua mãe, a sua jovem mãe, deixe que ela durma enquanto eu seguro você no colo, ela não vai embora, como eu vou. Eu estava com medo do jeito como os dedos dele puxavam os meus lábios enquanto eu cantava. Tinha medo de tudo no passado e de qualquer coisa que fosse acontecer a seguir. Ouvi a voz de Jack por perto. Seu cabelo branco batia nos ombros. Ele tinha deixado a barba crescer. "Perdoo você por tudo e amo você, Saul."

Ele me disse com seus olhos que eu nunca ia ver as macieiras que ele tinha plantado no nosso jardim. As frutas cairiam no outono e eu não estaria lá para colher. Eu me sentia profundamente grato pelo amor honesto de Jack. Aquilo me ergueu da Euston Road à Abbey Road, mas acho que eu ainda estava na cama quando cheguei lá.

25

Jennifer e Rainer estavam à minha espera na faixa de pedestre na Abbey Road, na frente do estúdio da EMI, a faixa de pedestre, em preto e branco, diante da qual todos os veículos devem parar para permitir que os pedestres atravessem a rua. Eu vestia um terno branco e sapatos brancos. Não me escapou o fato de que John Lennon, meu herói de infância, já não estava mais conosco. Isso me aborreceu o suficiente para querer cancelar a coisa toda, mas Jennifer insistiu que prestássemos atenção aos detalhes da fotografia original. Perguntei a ela por que estava carregando uma escadinha.

"Você sabe por quê."

Ela me disse mais uma vez que era assim que a foto original tinha sido feita em agosto de 1969. O fotógrafo colocou a escada ao lado da faixa de pedestre enquanto um policial foi pago para organizar o trânsito. Como eu não era famoso, não podíamos pedir para a polícia fazer aquilo, então precisávamos trabalhar rápido. De todo modo, a fotografia original só tinha demorado dez minutos. Ela posicionou a escadinha, do mesmo jeito que tinha feito quando eu tinha vinte e oito anos e ela, vinte e três, subiu e preparou a câmera.

Dessa vez ela não precisou ficar trocando o filme.

"Certo", ela gritou, "coloque as mãos nos bolsos do paletó, olhe para a frente, caminhe agora."

Havia dois carros esperando. Rainer ergueu a mão para que ficassem ali.

Pisei na faixa de pedestre e então voltei atrás. Rainer e Jennifer berraram para eu andar logo. Eu estava ferido como um soldado, mas tinha a sorte de nunca ter precisado lutar em uma guerra. Percebi, quando dei um passo para atravessar as listras pretas e brancas, que estava caminhando através do tempo profundo, tentando me recompor mais uma vez. Jennifer estava em cima da escadinha com seu jeans e camisa de seda preta, um lápis saindo do bolso, firme e forte em suas botas de couro, olhando através da lente da câmera digital. Ela gritou para que eu prestasse atenção ao atravessar a rua, mas tinha tanta coisa acontecendo.

Ouvi o som exuberante do violoncelo em Cape Cod, zunindo de tanta vida, mais vida, e as batidas da máquina de escrever na RDA, que eram conhecimento expresso em som me dizendo que Walter tinha que se salvar ao submeter relatórios sobre alguém que ele achava bonito e desejável.

"Atravesse a rua, Saul."

Eu era capaz de sentir o amor da minha mãe por perto e, apesar de me sentir traído por sua morte, aquilo me impulsionava adiante. Dei mais um passo. Dava para escutar o sino dos bondes em Berlim Oriental e o barulho do trânsito na área oeste de Londres e o rosnado dos cachorros nos bulevares da Europa, nos terraços dos Estados Unidos, nos sofás da Grã-Bretanha.

"Atravesse a rua." Os lábios de Jennifer estavam próximos do meu ouvido.

Dei mais um passo e continuei caminhando porque Luna estava esperando na calçada, na frente do estúdio da EMI.

Ela sorria e acenava. Luna carregava uma bolsa de lona e tinha a mesma aparência que em 1988.

"Oi, Saul. Como vão as coisas?"

"Estou tentando atravessar a rua", respondi.

"É", ela disse, "faz trinta anos que você tenta atravessar esta rua, mas aconteceu um monte de coisa no caminho."

Jennifer e Rainer respiravam perto de mim. Matthew também estava presente, e meus sobrinhos e Jack e Walter e Karl Thomas.

"O Ocidente e o Oriente estão juntos agora", sussurrei para Luna.

"Ah, sim", ela disse, sorrindo. "Ouvi dizer. A República Democrática Alemã já era."

"Isso foi há muito tempo."

"É verdade", Luna disse, "eu não acompanhei a história, mas o sangue seca mais rápido do que a memória. Eu nunca cheguei a Liverpool, mas você estraçalhou o meu *Abbey Road*, então vim aqui ver por conta própria."

Continuei caminhando e, quando cheguei bem perto do outro lado, estendi a mão para pegar a dela.

The Man Who Saw Everything © Deborah Levy, 2019

Todos os direitos desta edição reservados à Todavia.

Grafia atualizada segundo o Acordo Ortográfico da Língua Portuguesa de 1990, que entrou em vigor no Brasil em 2009.

capa
Bloco Gráfico
imagem de capa
S-Bahnsteig Alexanderplatz, Berlin-Mitte, 1980,
Silbergelatineabzug © Rudi Meisel/VISUM
verso de capa
Peter Heeling/CC0/Wikimedia Commons
composição
Jussara Fino
preparação
Ana Alvares
revisão
Jane Pessoa
Ana Maria Barbosa

Dados Internacionais de Catalogação na Publicação (CIP)
——
Levy, Deborah (1959-)
O homem que viu tudo: Deborah Levy
Título original: *The Man Who Saw Everything*
Tradução: Ana Ban
São Paulo: Todavia, 1ª ed., 2021
232 páginas

ISBN 978-65-5692-137-2

1. Literatura inglesa 2. Romance I. Ban, Ana II. Título

CDD 823
——
Índice para catálogo sistemático:
1. Literatura inglesa: Romance 823

todavia
Rua Luís Anhaia, 44
05433.020 São Paulo SP
T. 55 11 3094 0500
www.todavialivros.com.br

fonte
Register*
papel
Munken print cream
80 g/m²
impressão
Geográfica